suncolor

suncolor

我不喜歡這世界 我只喜歡你

青春萌愛系天后
喬一／著

suncolor 三采文化

Contents 目錄

Chapter 1

和摩羯男談戀愛大概是這樣的

「你是什麼時候開始喜歡我的？」

「不記得了。」

「可是，為什麼是我呢？」

「為什麼不是妳呢？」

「我很小氣，又愛吃醋。」

「我也是。」

「我怕自己不值得你喜歡。」

「我也是。」

「我沒怎麼談過戀愛，不知道愛情是什麼。」

「我也不知道。但我知道，一想到能和妳共度餘生，
我就對餘生充滿期待。」

001

去年Ｆ君去日本出差，我在網上看到一個帖子「姊妹們平時怎麼發簡訊調戲男朋友？」各種答案直接笑噴。

正巧那天我換了新手機號碼，順手給他發了條匿名簡訊：「老闆，需要特殊服務嗎？」

他沒理。

我又發一條過去：「寂寞小野貓，熱情似火，送貨上門，包君滿意。」

過了好久，他打電話過來，第一句就是：「妳在家很閒嗎？」

我特震驚：「你怎麼知道是我？」

他說：「只有妳才會這麼無聊。」想了想又說：「我後天回來。」

「這麼快，不是要下週嗎？」

「臨時有變。」

沒過多久他同事來家裡吃飯，聊到這次日本之行，同事說：「Ｆ連慶功宴都沒參加，正事做完一秒鐘沒耽誤地往機場趕，說家裡沒人，要回來照顧貓。」

他四處看看，好奇地問：「你們家貓呢？」

我的臉蹭一下紅了，F夾了塊紅燒魚放我碗裡，面不改色地說：「牠膽子小，怕生。」

我恨不得把臉埋進碗裡。

F君在外人面前那是十分嚴肅冷傲，人送外號 Ice Man。而我恰恰相反，資深神經病，特別愛演，他經常罵我不當演員可惜了。

在外面吃飯的時候，我突然停下來對他說：「姊夫，我們這樣做，對得起我姊嗎？」

起初他還會和服務生一起露出被雷劈的表情，久了就習慣了，昨天還特淡定地回了我一句：「妳姊在九泉之下會祝福我們的。」

有一回我心血來潮，對他說：「我要演癡心男二號。」

然後很快進入角色，對他咆哮：「我才是最愛喬一的人！我是不會把她讓給你的！」

他在書架旁一邊漫不經心地翻書，一邊無所謂地回：「你拿去好了。」

我愣了，劇情不應該這樣發展啊。

我說：「我今晚就帶她走，永遠離開你！」

他啪一聲地把書合上，冷冷地說：「你試試，她要是敢跟別人跑了，我打斷她的腿。」

靠！誰讓你亂改劇本的！

家裡樓上裝修，每天吵個不停，我乾脆去酒店開了個房安心寫稿。

晚上Ｆ君來給我送飯，我兩眼發光地問他：「我倆這樣子像不像在偷情？」

他狠狠瞪我一眼。

誰知這廝一進屋就麻利脫衣服，我問他做什麼？

他一臉正經：「動作快點，我老婆五點下班。」

出差回來，在機場接到閨密電話，失戀了哭得稀裡嘩啦。我拖著箱子陪她去喝酒。

有始有終的愛情是人間異數，是天上掉餡餅，根本不能奢望它跟發便當一樣，到飯點就人手一份。

回到家我特別傷感，抱著Ｆ君說：「我這人運氣一向不好，我這輩子最幸運的事大概就是遇見你，所以我特別特別珍惜，長這麼大唯一堅持下來的事情就是愛你。」

他說：「嗯，妳這麼想我很感動，」頓了頓又說：「但是妳不要以為這樣我就會原諒妳凌晨三點才回家。」

然後狠狠瞪我一眼，起身去廚房幫我泡蜂蜜水解酒。

我話很多的，經常在他耳邊嘰嘰喳喳說個不停，有天我突然問他：「你會不會覺得我很囉嗦？」

那時他在開車，眼睛看著前面的路，面無表情地回：「是挺囉嗦的。」

我有一點不高興，原來他一直覺得我煩。

他忽然笑了，說：「反正得聽妳囉嗦一輩子，習慣就好。」

我和他是高中同學，他讀書時和現在一樣，嘴上不饒人，但心腸很好，一直很照顧我。

後來發生了一些事情，我們當時都不太成熟，為一點小事就絕交了。

他去英國讀書，好多年我們都沒再聯繫。

同學會上提到他，有人說無意中撥錯號碼，打他以前的手機號碼居然通了，才知道這些年Ｆ一直留著原來的號碼。

「在國外不是很不方便嗎？」

大家都很費解，最後統一得出結論，大神的行為模式不是我等凡人能會意的。

沒過多久他生日，我鼓足勇氣給他發了條簡訊，抱著手機看了一晚，他沒回。直到第二天下午他才發來回覆，很疏離很客套的兩個字：

「謝謝。」

後來他回國，我帶著一身孤勇來北京找他，我們和好，決定在一起。有一天我在書櫃裡找到他以前用的那隻諾基亞手機Ｎ９７，打開，通話記錄和簡訊都刪得乾乾淨淨，只有簡訊草稿箱還有東西。

我點進去，裡面存了幾十條草稿。

「今天在Asda超市碰到一個女生很像妳。」

「Paul出了新專輯，聽歌的時候感覺妳就坐在我旁邊。」

「長沙降溫了，妳記得加衣服。」

「我原諒妳了，給我打個電話好不好。」

……

最後一條是：「我好想妳。」

時間是他生日。

去年在一個挺偏僻的山區做活動，人群中我被推擠著摔了一跤，腿正好撞在石頭上，疼得眼冒金星。同事來扶我問沒事吧，我爬起來拍拍手說沒事，貼了兩片ＯＫ繃繼續工作。

回去才發現半截褲子都是血，一瘸一拐地去醫務室，醫生說得縫兩針，但是醫務所沒麻藥。因為第二天還有任務，耽誤不得，我心一橫，縫吧，我忍著。

硬是忍著一聲沒吭。

同事在旁邊看著，一百八十幾的東北大男人居然眼眶紅了，他說，哥真心佩服妳。

我還挺不好意思的，說：「這算什麼呀，我小時候做手術，比這疼一百倍都忍過來了。」

回北京F君來接我們，我一上車倒頭就睡，中途醒來聽同事在跟他聊天，說我早生個幾十年肯定是秋瑾。

「她在家也這麼要強？」

F說：「不，在家很愛撒嬌，經常看電影哭得眼淚鼻涕要我哄，跟個小孩子一樣。」

同事很困惑：「為什麼？」

「因為只有在我面前，她可以不用堅強。」

我默默聽著，突然鼻子一酸。

我以前在書裡看過一句話，印象很深，說在人的一生中，遇到愛，遇到性，都不稀罕，稀罕的是遇到了解。

我想這就是了解吧。

公司要做一個關於懷念青春的策劃。

我給朋友們群組發了一條訊息：「你學生時代喜歡的那個人現在怎麼樣了？」

收到各種答案：

「成了別人孩子的爹。」

「結婚了，生了孩子，昨天晚上夢見他，還是對我不屑一顧，好像不管我多努力，都追不上他的腳步。夢裡很難過，因為他沒有做錯什麼，他只是不愛我。」

「學生時代只愛模擬試題。」

慢慢看下來，發現不小心也給F君發了，我倒也沒抱希望，他基本不回這種群組訊息，等了好一會兒，他果然沒回。

那陣子我們工作都很忙，我回家已經晚上十一點，他比我還晚。晚上睡得迷迷糊糊感覺他躡手躡腳地上床，幫我掖了掖被子。

第二天醒來他已經走了，我到公司才發現手機裡有一條未讀訊息，打開，看到他的答案：

「成為我妻子，在我身邊睡著了。」

009

凌晨兩點四十五分。

跟F君剛談戀愛那會兒，我對這段感情沒有把握，他又是很固執的人，每次吵架都是我主動認錯和好。

有一回我們吵架，他晾了我一星期，我厚著臉皮陪笑臉，可他就是不理我，那天正好車裡在放張懸的「寶貝」，裡面有一句歌詞：「我的小鬼小鬼，逗逗你的眉眼，讓你喜歡這世界……」[1]

我說：「你看，這個歌詞寫的不就是你嗎？跟個小孩子似的，好像世界都是你的。」

我自說自話了半天，聲音越來越小，越來越哽咽，心裡委屈得要死，心想不理就不理吧大不了分手。

一路無話。車在我公司樓前停下，我正準備開門，身後的他突然拉住我，低頭悶悶地說：「可是……我不喜歡這世界，我只喜歡妳。」

我眼淚唰一下就流下來。

我外婆年紀大了，腦子有些迷糊，全家只有F君能跟她溝通，我們都覺得特別神奇。

有一年過年回老家，我幫媽媽做飯，F在院子裡陪外婆聊天，我聽到他在教外婆說英語。

「I love you，就是我愛你的意思。」

1 「寶貝」，作詞：張懸／作曲：張懸／演唱人：張懸

「你慢點說，矮什麼？」

F很耐心地說：「矮——那——屋——有——」

外婆信心滿滿地點頭：「記住了！」

晚上吃飯，我故意問外婆：「聽說妳會說英語了？」

外婆很高興：「小F教我的。」

F歪著頭問她：「我愛你怎麼說？」

「矮……矮……矮……」她想了好久，終於想起來了：「矮隔壁有！」

一桌人都被逗笑了。

夜裡我出來倒水，看到外婆屋裡的燈還亮著，以為她又忘了關燈，走到她門前，看到她一個人坐在椅子上，捧著外公的遺像小聲說：「老頭子，愛隔壁有。」

……

那晚睡覺，F抱著我說：「外婆很孤獨，我們要多回來陪陪她。」

我突然很想哭。

不熟悉F君的人都覺得他很冷漠，寡言少語像塊石頭。

只有我知道不是。

011

他很溫柔，是我見過最溫柔的男人。

登記的前一晚我問他：「你是什麼時候開始喜歡我的？」
他答：「不記得了。」
「可是，為什麼是我呢？」
「為什麼不是妳呢？」
「我很小氣，又愛吃醋。」
「我也是。」
「我怕自己不值得你喜歡。」
「我也是。」
「我沒怎麼談過戀愛，不知道愛情是什麼。」

「我也不知道。」

他溫柔地握住我的手：「但我知道，一想到能和妳共度餘生，我就對餘生充滿期待。」

十六歲時，我們共用一個課桌，胳膊與胳膊相距不過十公分，我的餘光裡全是他。二十六歲時，我從清晨醒來，側頭看到陽光落在他臉上，想與他就這樣慢慢變老。

也許這就是愛情吧。

Chapter 2

同桌的他

新學期重新排座位，我跟 F 同學不再同桌，
只有化學實驗課，我才可以跟他坐在一起。
有一回學校讓我們匿名填最喜歡的科目，
我惡作劇地寫了「化學實驗」。
課間，班長在統計調查表。
「居然還有兩個人寫的是化學實驗。」他說。
「兩個 ?!」我失聲問。
我記得當時的心情，彷彿心裡有個小煙花，
砰一下炸開了。

讀書的時候，F同學是我們學校的傳奇，長了一張香港TVB電視劇裡「反恐精英」的正氣臉，成績好到逆天，還會吹薩克斯風，被很多懷春少女醒著睡著惦記。

他很跩，對誰都愛答不理的死樣子，冷冷的。那時他在我眼裡只是個愛裝酷的靜音冰箱，我的夢中情人是陳浩南，渴望成為大哥的女人，跟著大哥從銅鑼灣一路砍到尖沙咀，一生不羈放縱愛自由。

我們高中是市裡最好的一所中學，唯成績論，學校有個規定，座位必須按成績排，我們班導師又相當注重儀式感（肯定是巨蟹座）。所以期中和期末考試後，我們都要在走廊上排隊，班導師拿著排名表從上到下喊，被喊到的才能進去選座位。這種體驗太不好了，我覺得這是人類迄今為止最不人道的一項發明。

F同學永遠是第一個進去的，但他不坐第一排，因為他不喜歡，他喜歡第四排靠窗的座位，視野開闊，方便走（裝）神（逼）。

當時我們班有個不愛洗頭的男文青喜歡我，熱情洋溢地給我寫情詩，〈用我的熱血灑滿你的墳頭〉什麼的。那次考試我就排在他後面，這意味著我們得同桌，一想到自己的墳頭會灑滿他的熱血，我就一陣雞皮疙瘩。

當時全班只有F同學旁邊有空位——他一直一個人坐——在我們那所變態的重點中學裡，成績好就享有一切特權。

那簡直是我人生中最勇猛果敢的一刻，我抓起書包逃到F同學旁邊不由分說地坐下來。

他回頭看我一眼，我還記得他當時塞著耳機在聽歌。我尷尬萬分地衝他笑。他就這麼面無表情地看我，不說話，直到CD機裡的光碟播完。

「周杰倫嗎？」我跟他搭訕。那時周杰倫正當紅，滿街都在放他的歌。

F同學啪一下打開CD機，換片，重新帶上耳機，冷冷地說：「The Beatles。」

我們就這樣成了同桌。

若干年後，回憶起這一段，我說：「你就不能對自己的新同桌友善一點嗎？」

「對不起，」他十分抱歉地說：「畢竟當時誰都不知道坐下來的是我老婆。」

002

F同學說話特別惜字如金，能用單音節詞的絕不用雙音節，能用詞語的絕不用句子，能用一句表達清楚的絕對不用兩句，反正跟他聊天簡直要被活活氣死。

他小時候學過一段時間薩克斯風，就是因為性格孤僻，我婆婆一度懷疑他有自閉症。正好認識一個挺出名的薩克斯風老師，就讓F去跟著學，主要希望他能多交點朋友。

沒去多久老師就告狀，說他不合群。婆婆決定和他談談。

「兒子，有多少人和你一起學？」

「四、五個。」

「人怎麼樣？」

「還行。」

「有玩得來的嗎？」

「沒有。」

「你要主動和人家講話，多和同學交流。還可以邀請他們來家裡做客。」

「不行。」悶葫蘆嚴肅地搖頭。

我婆婆崩潰了。「為什麼啊？」

悶葫蘆理直氣壯地答：「吹薩克斯風，嘴沒空。」

後來婆婆跟我說起這一段，我窩在沙發上笑得不行，我說媽應該讓他去學芭蕾，那個嘴有空。

某人端著水杯路過，朝我倆翻了個巨大的白眼。

我初中時做了場挺大的手術，因為開刀導致神經損傷，有好幾年我整個背部都沒有知覺。我很少提這件事，幾乎沒人知道。

有天自習，大家都挺無聊，我後面的女生一時興起在她同桌背上玩猜字。

她玩了幾輪突然叫我坐正，興致勃勃地在我背上寫起來。我頓時就傻了，因為我一點感覺都沒有。

我搖頭說不知道，她又寫了一個，我還是搖頭。

她不相信，說妳裝的吧，這麼簡單怎麼可能猜不出來？

那一刻真是萬分尷尬，不解釋說不過去，解釋起來又很麻煩，我一下子手足無措。

這時，很少參與我們話題的F同學突然說了一句：「我來吧。」

那時候我和他不太熟，雖然是同桌，但我們很少說話。他是萬年冰山啊，當時他一說話，所有人都震驚了，天才君這是要與民同樂嗎？

他也不管我有沒有同意，抬手就在我背上寫了個字。

我自然不知道，但是因為F的參與大家都很興奮，齊刷刷地盯著我，我再說不知道顯得好丟臉，我於是隨口說了一個字，是他的姓。

誰知他竟然說對了。

我特震驚！這都能猜對?!

然後他又寫了個字。我隨口猜了我的姓。

他好像笑了一下，聲音低低地說：「嗯，對。」

後座的女生納悶了，說：「我怎麼看著不像啊。」

倒也沒人繼續追究，大家繼續聊天，我就這樣蒙混過關。

我至今不知道F當時寫的是什麼。

後來才知道其實他知道我做過手術，學校之前安排體檢，發體檢報告的那天我請假沒去，就放在桌上，他掃了一眼，默默記住了。

如果F是「看一眼就記住」先生，我就是「看幾眼都記不住」小姐。

我數學很差，他數學很好。考試時他做題速度超快，基本半個小時搞定，然後就托著腮看窗外發呆，我就趁機偷偷摸摸抄他幾道題。

我一邊抄一邊安慰自己，聖經上說，施比受更有福，我不是作弊，我是在幫F同學積攢幸福的資本。

通常流程是這樣的：

（我偷偷瞟一眼）ACBCD，BCAAD，好，記住了。

（埋頭寫）BCAAD，BC……後面是啥來著？忘了！

（再偷偷瞟一眼）哦哦，BCAAD……

（埋頭寫）等等，最後一個是B還是D？沒看清楚。

再偷看一眼，發現某人居然把考卷折起來了！

抬頭，他正一聲不吭，滿臉鄙視地瞪我。

我乾笑兩聲縮回去，努力回想究竟是B還是D，死活都想不起來。

然後就聽到他冷冷地說：「是D。」

……

他吐槽：「抄都不會，蠢死算了。」

我忍辱負重地假裝沒聽見。

F同學是數學課小老師，還沒有同桌的時候，我倆基本沒有任何交集，但有一件事我印象深刻。

有一次發數學考卷，老師把考卷分成兩疊，一疊是及格的，交給F發，另外一疊是不及格的，老師自己發。我自然是在不及格的那一疊。

發到我的時候，老師很嫌棄地說：「這麼簡單的選擇題只對四道，我就是教一頭豬牠也學會了。」

F抱著考卷正好走到我旁邊，瞥了一眼，十分有正義感地替我反駁：「她對了五道。」

老師有點下不了台，全班發出很曖昧的一聲「Wow～～」。

從此我多了個外號，叫「五道」。

後來我到北京工作，公司正好就在五道口，簡直是神一般的詛咒。

說起這件事，F同學一點印象都沒有，根本不知道我這個外號是拜他所賜。

不過F同學的數學課小老師當了幾個月就被撤職了，原因是這貨是臉盲，還記不住名字，考卷永遠發錯人。

006

我很喜歡周杰倫，有一年他來我們這開歌友會，主辦方下午五點發票，中午十二點歌迷就開始排隊，老遠就能看見黑壓壓一群人抱著珍珠板海報站那兒，跟非法集會似的。

我琢磨著蹺課去搶票，讓F幫忙，他不同意。

不管他同不同意，反正我跑了，給班導師發了條簡訊，說我生理痛請假回家。

誰知那天我哥突發善心，主動跑去幫我請假，說我腿摔傷去醫院了。（我這個哥哥專業坑妹二十年。）

F同學嘴上說不管，事到臨頭又忍不住幫忙，特地跑去跟班導師說我發燒回家了。班導師頓時就怒了，拍著桌子說：「她自己給我發簡訊說生理痛要回家！

她哥跟我說她摔傷腿去了醫院！現在你又跑來說她發燒，她到底幹嘛去了?!」

據目擊者稱，F當時愣了一秒，真的只有一秒，然後面不改色地說：「她生理期高燒不退上體育課時從單槓上摔下來，她媽媽把她接走去醫院了。」過程行雲流水臉都沒紅一下，簡直令人嘆為觀止。事後我聽說了這一段，拍著他的肩說，小夥子可惜你生在了中國，你要是生在金三角，絕對是槍口抵在腦門都面不改色心不跳的犯罪集團頭目。

還有一回，我們考化學，之前另外一個班考過一次，我耍小聰明要來了答案。

F同學要我好好複習，我當然沒那麼乖，把他的話當耳邊風，把書扔在一邊專心背答案，為此他還生氣，一整天都沒跟我說話。

到考試那天我信心滿滿，結果考卷一發下來就傻眼了，跟我之前拿到的題目完全不一樣！！

F一副「妳活該」的表情，慢條斯理地做他的考卷，壓根不理我。

我完全愣了，急得眼淚打轉，老師提醒還剩十分鐘交卷，我卷上基本還是空的。旁邊的F同學突然問我：「知錯了嗎？」

我眼淚汪汪地點點頭。

他把答案扔給我：「下不為例。」

008

F聲音特別好聽，南方人裡少有的發音字正腔圓。月考時老師都讓他幫忙錄聽力，我把主意打到他身上。

「念到正確答案的時候你就稍微慢一點，行不行？」

「不行。」

「沒人會發現的，你不用每題都暗示，就挑幾個難的。」

「不行。」

「我下回一定認真複習，這次你就幫幫我嘛。」

「不行。」

「你真的忍心見死不救？」

「我是不會幫妳作弊的。」

我很委屈：「可是我媽說，這次再考不好，她就把我關在家哪都不准去。」

我和他約好了去郊外燒烤。

他繼續低頭翻書，彷彿沒聽見。

誰知考試那天，這人在廣播裡一本正經地朗讀——

「C. Show——her——the——way——to——the——hospital——」

那時候還沒有專業打臉戶這個詞。

009

有一次他感冒很久沒好，我特心疼，想給他帶藥，但又不好意思。純情的我想了個特別迂迴的方式——回家用冷水洗了個頭，成功把自己也弄感冒了。

第二天戴著口罩去上課，我把感冒藥分給他，特意強調是「順便」替他帶的。

他問：「妳怎麼也感冒了？被我傳染的？」

我搖頭，沒敢說實話，怕被嘲笑到死。

誰知道這傢伙的感冒第二天就好了，我反而天天打噴嚏，頭暈腦脹一個月。

現在想想，真是被自己蠢哭了。

010

新學期重新排座位，我跟F同學不再同桌，分開的那天我特別難過，還為此偷偷哭了一鼻子，覺得天都快塌了。那時候我性格靦腆羞澀，不像現在大大咧咧，而他更是不會主動跟誰聯繫，所以我們不再同桌之後就很少說話了。

我們班每隔兩週都會去實驗室上化學課，實驗室的座位是按照剛開學時的位子排的，也就是說，只有在實驗室，我才可以跟他坐在一起。

所以每次看到課程表上有「化學實驗」我心情都會特別特別好，還會在前一晚把最好看的衣服翻出來放在床頭，萬分期待去學校。

有一回學校發了張調查表，讓我們匿名填最喜歡的老師、最喜歡的科目什麼的，別人都寫的數學語文地理，我卻惡作劇地寫了「化學實驗」。

課間我去辦公室，班長在旁邊統計調查表，他說寫英語的最多，大概因為班導師是英語老師。

「居然還有兩個人寫的是化學實驗。」他說。

「兩個?!」我失聲問。

他點點頭：「對啊，兩個。」

我記得當時的心情，彷彿心裡有個小煙花，砰一下炸開了。

011

高二文理分班，分開前大家都忙著寫紀念冊，寫紀念冊這件事其實是非常曖昧的，說不出口的話可以寫下來呀，我們班有幾個人都在紀念冊裡表白然後在一起了。我也買了紀念冊，讓全班都寫了，最後才順理成章地把紀念冊放到F同學面前。

他起初還不樂意，說無聊，我軟磨硬泡他才鬆口，說：「放我這兒吧，我有空寫。」

但是，他永遠沒空，一直到高二都快結束了，他才想起來把紀念冊還給我。我期待萬分地打開，這傢伙的留言只有八個大字——好好學習，不要懶惰。

我差點被他氣死。

後來我才知道，這傢伙真的太有心機了，我的紀念冊在他那兒，我就不得不經常主動去找他，而他慢悠悠地把我紀念冊裡所有男生的留言都看了一遍，確定沒有「姦情」才放心，最後大筆一揮，隨便寫幾個字敷衍交差。

012

分科後我讀文，F同學讀理，和我哥分到一個班。

為了節省時間，F的媽媽幫他在學校附近租了個房子，後來我哥也搬去一塊住了，兩個學霸開啟了同居模式（好像有哪裡不對？）。我偶爾會過去，幫我哥拿換洗的衣服。

有一回我照例去出租處幫我哥拿衣服，他們重點班要晚自習到九點，所以家裡沒人。

放學的時候下了很大的雨，我沒有帶傘的習慣，被淋成落湯雞。想著反正家裡也沒人，就洗了個澡，順手換了我哥掛在浴室裡的T恤。

然後我去我哥的房間看書，想等雨小一點再走。過了一會兒我端著杯子出去，正彎腰接水，身後浴室的門嘩一聲打開了。

我一回頭，就看到了F。

他剛洗完澡，頭髮濕漉漉的，重點是，他就穿了條褲子，裸著上身就出來了！我就眼睜睜地看著水珠從他髮梢一滴一滴落下來，沿著裸露的皮膚一路蜿蜒起伏滑下去，頓時覺得呼吸都不順暢了。

而F同學就這麼淡定地和我對視了好半天，這時候正常人都會問一句「你怎麼會在這？」或者「你什麼時候來的？」來緩解尷尬對不對？他不，他好像忘了自己沒穿衣服這個事實一樣，特別坦蕩地走到我面前，把搭在自己肩上的毛巾蓋到我頭上，問：「妳洗澡了？」

我就愣愣地點頭：「嗯。」

他接過我手裡的杯子，轉身替我裝滿遞給我，說：「妳哥要晚點回來，一會兒我送妳回家。」

我繼續愣愣的：「嗯。」

然後我夢遊一般，端著杯子，頭上還蓋著他的毛巾，兩腿發軟地回去了。

很久之後，回憶起這件事，我罵他：「你當時是故意耍流氓的吧！」

他白我一眼：「怪我囉？妳身上穿的那件是我的衣服。」

我……

013

學校辦運動會，我被抓去參加接力賽。做暖身運動的時候遇到F，我緊張得要命，他答應替我加油。我指著起點旁邊的看臺對他說：「一會兒你和我哥就站這裡。」他說好。開跑前我去排隊，站在跑道上回頭找他們，兩個人都不見了！問旁邊的人，說老師讓他們參加跳高的集合。

槍聲一響，全場鬧哄哄全是加油聲，我腦子亂成一鍋粥，緊張得肚子痛。我是第二棒，眼看著第一棒馬上結束，我習慣性地回頭看，以為自己眼花了，他不知道什麼時候又回到看臺，站在我剛剛指他的地方。

眼神交會的一瞬間，頓時就安心了。

他說當時那麼緊要的關頭，我居然分心跳起來衝他揮手。但我一點都不記得了，就記得看到他站在那裡，心裡特別特別高興。說來奇怪，我小時候幸福感不如現在充沛，因為害怕失望，所以對任何事都不敢抱有希望，但我就是信任他，特別信任，從來沒有人像他那樣，可以給我帶來那麼多的安全感。

後來得知他跳高第一杆就沒過，問他是不是故意的，他說我想多了。

我人生第一次看芭蕾舞劇是跟著F同學去的，領舞是F的媽媽。那天結束之後，他去後臺找他媽媽，我也跟著去了。F同學就指著我介紹：「媽，這是我同桌喬一。」

那是我第一次見他媽媽，特別緊張（雖然那時我們還只是純潔的同桌關係），當時我想說阿姨好，恭喜妳演出成功，結果腦子一抽，張口就變成了：「媽，恭喜妳演出成功。」

說完之後大家都愣了，然後一陣爆笑，我恨不得找到地洞鑽進去。

第二天我偷偷問F他媽媽怎麼說我，F憋著笑，說：「妳媽說妳挺可愛。」

我再一次想找個地洞鑽進去。

那時候誰都沒料到，若干年後我真的改口叫媽了。

Chapter 3

奇葩兄妹的日常

兄妹應該有很多類型，

相親相愛型，情同手足型，兩看生厭型，

我和觀潮屬於從小打到大型。

觀潮的嘴賤是天生技能，

他不止一次地對我說：「胸大才配叫女人，妳呢？」

嫌棄地上下掃我一眼：「頂多只能算是個雌性。」

001

我有個哥哥叫觀潮，他比我大一歲，雖然是同一個爹媽生的，但我倆一點都不像。他從小就比我聰明。小時候我的玩具是積木，他的玩具是變阻器和安培表，我還在學乘法口訣，他就已經開始背元素週期表。他和老師討論運動的電荷產生磁場是否違反能量守恆定律，我在旁邊連標點符號都聽不懂。

我不止一次地懷疑他長了兩個腦子——把我的那個搶走了。

小時候我最羨慕的就是獨生子女，觀潮跟我從小打到大，而且他從來不讓我。去年我表姊生了二胎，大兒子悶悶不樂，吃滿月酒時，觀潮眉開眼笑地跟人家說，恭喜啊，以後做錯事可以找她背黑鍋——可見我小時候過得多麼悲劇。

小時候觀潮總欺負我，不帶我玩，還搶我零食。那時我比他胖得多，在打架上有壓倒性優勢，搶不贏我就動粗。但這廝是個演技派，我拳頭還沒舉起來，他看到媽媽走過來就立刻倒地、抱頭，趴在地上痛苦哀嚎，整個過程行雲流水一氣呵成。

於是我被媽媽暴打一頓。

當然，我也有聰明的時候。媽媽教我們寫字，我自己的名字沒學會，倒學會了寫觀潮的，在吃完的雪糕柄上寫「觀潮之墓」，然後端端正正地插在了我家的花盆裡……

於是又被暴打一頓。

兄妹應該有很多類型，相親相愛型，情同手足型，兩看生厭型，我和觀潮屬於從小打到大型。

觀潮的嘴賤是天生技能，打娘胎裡就有。小時候的我是個貨真價實的胖子，冬天媽媽怕我倆冷，給我們穿好多衣服，觀潮穿多少都不顯胖，而我就變身成一個圓滾滾的球。

觀潮擔憂地說：「以後妳結婚了怎麼辦，別的新娘穿婚紗是公主，妳就是個包子……」

以至於我經常做惡夢，夢到燕尾服蒙面俠[1]娶我，我們在教堂宣誓，神父說，現在新郎可以吻新娘了。

燕尾服蒙面俠緩緩揭開我的面紗，發現裡面是個豬肉白菜包……

讀書之後我莫名其妙地瘦下來，保持至今。前幾天量體重，十分得意地給他發照片：「看，不到九十喲～」

他回：「體重不過百，不是平胸就是矮，妳都占了耶～」

我讀書讀得早，小學和初中都跟觀潮一個班。觀潮很聰明，不聽課也能考第一，我一直以為我哥是無敵的——直到讀高中時遇上F。

這兩人跟命中相剋似的，每次考試F都能比觀潮高那麼一點點。觀潮表面不在乎，其實內心耿耿於懷。

他們首次交鋒是某天放學，我在操場等觀潮打完籃球一起回家。F來找我，好像是因為我把他的書帶走了。

球場上的觀潮不知出於何種心理，賤兮兮地跑過來搭話。我在旁邊翻書包，聽到他倆對話如下：

「要走了？」（明顯沒話找話）

F沒回他，滿臉「你是誰」的表情。

「我是九班的觀潮。」（自報家門，自信滿滿）

「誰？」

「你不認識我？」（大為震驚）

1 燕尾服蒙面俠：出自知名動畫「美少女戰士」，是男主角之一，名為「地場衛」，變身身分是燕尾服蒙面俠，常在變身後幫助女主角月野兔。

F面無表情地搖頭。

「我們一起上過奧林匹克數學特訓班，我是班長，你不記得了？」

F繼續面無表情。

「你真不記得？每次考試我都坐你後面（我們考試是按名次排座位的）。第一次月考我比你低五分，第二次是八分，上一次我差一點反超，就差一分。」

F繼續無辜地看著他，我猜他肯定是想說點什麼化解尷尬，但這個任務對他來說真的太艱難了，他想了半天才憋出一句：

「那你再接再厲。」

然後從我手裡接過書，揮揮衣袖飄然遠去，留下目瞪口呆的觀潮。

004

小時候有個記者來家裡採訪，好像是因為觀潮得了個什麼獎。

我到現在都還記得那個記者的樣子，特別裝模作樣，先是要觀潮幫媽媽捶背，然後又讓觀潮輔導我做作業。他在旁邊喀嚓喀嚓地拍照。

開什麼玩笑，觀潮根本不會教我做作業，他的作業都是我在幫他做好嗎？

後來記者說要拍觀潮的獎狀，可能在他的心裡模範生家裡的牆都是用獎狀糊的。可我們家真沒有，觀潮的獎狀獎盃拿回來都隨手扔。

那天最精彩的環節是快要結束的時候，記者問：「能給大家分享一些你的學習經驗嗎？」

觀潮想了半天，說：「沒有。」

「那你為什麼每次都名列前茅？」

他老人家脫口而出：「因為別人都太笨了唄。」

005

觀潮特別自戀，整天沉浸在「我最帥」的臆想中，女生多看他兩眼他就覺得人家喜歡他。在他心裡，看他的都喜歡他，不看他的是性格靦腆不好意思看他。

他打小就是個御姊控，以前暗戀我們家一個遠房表姊，表姊是個美貌的不良少女，高中沒讀完就退學了，在同年齡的女生還都灰頭土臉讀書的時候，她已經學會了化妝泡酒吧，觀潮被她迷得七葷八素的。他不止一次地對我說：「胸大才配叫女人，妳呢？」他嫌棄地上下掃我一眼：「頂多只能算是個雌性。」

我被他氣得吐血。

006

F君很少用微信[2]，朋友動態更是萬年不更新。他難得發一張照片，內容是：

加班，忙。

下面迅速有人回覆：

同事A：F少還在加班嗎，嫂子看到會心疼的。

回覆A：她睡了。

同事B：你居然主動發照片！

回覆B：嗯。

同學C：你這是要用青春搏明天啊。

回覆C：沒。

同學D：我們班就你最有出息，靠你光宗耀祖。

回覆D：不敢。

觀潮：出差？

回覆觀潮：嗯。

觀潮：我妹呢？

2 微信：中國的免費手機通訊程式，類似Line、Whatsapp。

回覆觀潮：在清邁。
觀潮：你放心她一個人去玩？小心老婆被人拐跑。
回覆觀潮：沒事。
觀潮：你太寵她了，她會順杆往上爬的。
回覆觀潮：沒有。
觀潮：靠，你能不能多回我幾個字?!
回覆觀潮：不能。
觀潮：算了，我下個月來北京，你把時間空出來陪我喝酒。
回覆觀潮：好。
喬一回覆觀潮：好啊好啊，我去接你！！喝酒叫上我！！！！
回覆喬一：妳怎麼還沒睡。
喬一：睡不著啊，在床上躺了兩小時了，想去買安眠藥不知道哪裡有藥局。
回覆喬一：不准吃藥，找Room service要杯熱牛奶，喝了去睡，把手機關了，二十分鐘後我打妳電話檢查。
觀潮：臥槽！！！你他媽太差別對待了！！！

我跟觀潮說我覺得F變了。

「怎麼？」

「小時候他對我可好了，幫我抄作業，給我帶蛋糕，我上課睡覺他幫我做掩護，誰要敢欺負我他第一個站出來。可現在呢，他整天變著法地欺負我，調戲我，用智商碾壓我，我沒他聰明，吵不過他，也沒他掙得多，他領個年輕貌美的小三回來我也鬥不過人家，只能捲舖蓋回娘家。」

觀潮急忙打斷我：「這種事情是不可能發生的。」

「你別安慰我，現在事態很嚴峻。」

「我的意思是，娘家是絕對不會收留妳的。」

我氣得跟我媽告狀，我說觀潮是我親哥嗎？我真的不是儲值通話費送的？

我媽認真地想了想說：「妳這種情況應該屬於買一贈一。」

008

我跟Ｆ君鬧彆扭，具體為了什麼忘了，我跟觀潮訴苦。

他在電話那頭幸災樂禍：「我讓妳別這麼早結婚，妳要結，結婚之前分手妳還是可愛的失戀少女，現在分手妳就只能是失婚婦女了。」

嚇得我立刻回家跟Ｆ君和好。

觀潮還特得意，說自己有特殊的勸和技巧。

009

我們讀小學時很風靡小浣熊[3]裡的水滸英雄卡，一九九〇年代的人應該都記得，幾乎每個人都在搜集。那時我和觀潮都沒多少零用錢，但是觀潮記性特別好，過目不忘那種，他看了一遍《水滸傳》，第二天就到學校跟人講故事，講一個故事換一張卡片，就這樣居然集齊了一〇八張。

後來我偶然從床底的箱子裡翻出這套卡片，打電話給觀潮，觀潮嘖嘖感慨這都是他的童年啊童年。

觀潮：「妳知道那時候我為什麼怎麼做嗎？」

我：「難道不是因為你想顯擺自己驚人的記憶力？」

「不是的，妳記不記那時候妳喜歡林沖，班上只有程佳佳有，妳讓她給妳看一眼她都不給，叫妳自己去買。我挺生氣的，但是又沒錢，只能這麼做。」

我大為感動，當即答應幫他買他心儀已久的機械式鍵盤。

晚上我眼淚汪汪地跟F說這事，說著說著突然一拍大腿：「靠！被騙了！」

F抬頭問怎麼了。

我咬牙切齒：「我才想起來，程佳佳二年級就轉走了！」

水滸英雄卡是四年級才流行的！

3 小浣熊：一款熱賣於中國九〇年代的速食麵零食，販售時內含水滸一〇八將的卡片，總共一〇八張，張張不同，掀起青少年收集卡片的風潮。

他陪我去逛街，我看中一個杯子，三十五塊一個。我還價：「老闆便宜點吧，八十給我兩個。」

老闆樂了：「姑娘妳還幫我漲價了。」

我恍然大悟：「哦哦，算錯了。」

觀潮在旁邊說：「不好意思，我妹妹十歲那年做過闌尾手術。」

老闆問跟杯子有關係嗎？

「醫生不小心把她的腦子也取出來了。」他不緊不慢地說。

……

晚上跟F告狀，我說：「皇上你要給臣妾做主。」

他說：「好，朕這去幫妳欺負回來。」

兩個人關著門在書房戰了一晚上Xbox。

第二天，觀潮滿眼血絲地告訴我：「妳男人虐了我一宿。」

話是沒錯，怎麼聽起來這麼奇怪呢？

011

大年三十去機場接他。

一年不見，觀潮大爺風采依舊，戴著墨鏡大步朝前走，我推著一車行李跟在後面一溜小跑。

上了車，我說：「你都不擁抱一下你親妹妹嗎？為了接你，我可是早上六點就起床了。」

他：「有什麼好抱的，除非妳給我報銷機票。」

我：「滾！」

回到家他往椅子上一躺，扯著嗓子喊：「媽媽，我餓了。」

我一巴掌拍他頭上：「要吃自己做。」

媽媽在廚房裡說午飯馬上就好。

我也扯著嗓子喊：「媽媽妳偏心，妳從小就慣他。」

「有本事妳別吃啊。」

「呸！大年三十才回家的人沒資格說這話。」

「一個月不給家裡打電話的人就有資格了？」

年前我工作太忙，一直忘記給媽媽打電話，這傢伙消息真靈通。

媽媽端著菜出來笑著說：「你別欺負妹妹。」

我馬上告狀：「他就是嘴賤！」

他一骨碌爬起來，嚴肅地說：「媽媽，妳能容忍自己有一個不孝的女兒，就不能容忍自己有個嘴賤的兒子嗎？」

媽媽命運好悲慘的樣子……

012

去金飾店買手鍊送給媽媽和我婆婆，挑的兩條都不便宜，付款的時候突然想到F的小姪女也快百天了，於是又買了一個長命鎖。

頓感自己荷包空了不少，可憐兮兮地跟觀潮說：「哥，媽媽的手鍊我們一半一半好不好？」

「妳還沒睡醒嗎？」

「你到底是不是我親哥啊？」

「不是，妳是撿來的，怕妳自卑才沒告訴妳。」他一本正經地胡謅。

「呸，你還是儲值通話費送的呢！」

「妳是刮刮樂的末等獎。」

「你是買牙刷的附贈品。」

櫃員噗哧一笑：「你們兄妹感情真好。」

「誰跟他感情好了?!」我倆異口同聲。

六年級時我得了一種很奇怪的病，叫脊椎側彎，正常人的脊椎是一條直線，我的脊椎不幸變成了S形。是突發性的，至今沒查出病因，屬於天災人禍吧。

雖然現在我可以笑著說出這些，但那時候真的特別特別絕望。

因為生病，我的整個身體嚴重變形，心肺被擠壓，繼續惡化的話還有可能會癱瘓。

而做手術需要很大一筆錢，家裡拿不出。

我對那段時間最深刻的記憶是每天都會躲在被子裡哭，又不敢發出聲音，哭完了第二天起來繼續裝開朗，裝不在意，因為怕媽媽傷心——她已經夠自責了。

我每晚都失眠，失眠的主題是如何自殺，有一天晚上，觀潮突然爬到我床上，很認真地跟我說：「妳知不知道，跳樓除非正好腦袋朝下，腦漿蹦出來才會立刻死，好多人都是摔斷骨頭摔破內臟，在地上掙扎很久眼睜睜看著自己的血流光才能死掉的。」

他滔滔不絕地講了一晚上溺水、割腕、上吊……

身體和心理都背負著極大的壓力，就這樣熬了兩年，媽媽東借西湊攢夠了錢，我終於上了手術臺。

我終於鬆了口氣，卻不知道這個手術的風險其實很大，醫生說不排除術中死亡的可能性，媽媽是哭著簽的術前協議。

開刀後我在ＩＣＵ待了八個小時，觀潮說那是他這輩子最煎熬的八小時。他說那時他站在醫院的樓梯間，很認真地想，要是我沒挺過去，他就把名字改成我的，替我在這個世界上繼續活。

好在手術很成功，我至今能蹦能跳。

有個細節我記得很清楚。

為了引流手術殘留的血垢，醫生在我脊椎旁邊埋了一根三十多公分的引流管，手術十天之後要拔出來。

我是很能忍痛的人，拔的時候一直咬著牙忍，很清晰地感覺身體裡那根管子擦著骨頭一寸一寸地移動，疼得渾身都在發抖。觀潮一直在旁邊握著我的手。大概有十分鐘，終於整根拔出來了，觀潮還握著我的手，我叫他鬆手，他沒反應，我抬頭，第一反應是以為自己看錯了。

他居然哭了。

他低著頭，肩膀一聳一聳地抽泣，手還握著我不肯放。

後來我總拿這事損他，我說你太丟臉了，當著那麼多人呢，你一大男人居然哭了。

我以為他會像平時一樣嘴賤反擊，誰知他說：「是啊，妹妹太要強，哥哥什麼都幫不了，只能幫她哭。」

不管有多痛我都扛下來了，怎麼他一句話我就鼻酸得厲害呢？

Chapter 4

眼前人是心上人

「有沒有某件事情，你很確信你可以做到，

從來沒有懷疑過自己？」

他毫不猶豫地說：「有啊，很多。」

「我跟你相反，我從來沒有這種自信，

對很多事情都沒把握。」

「那妳現在記住，有一件事妳可以確定——

我永遠是妳的。」

高考結束的那個暑假我是迄今為止最難熬的一個夏天。F在那個時候去了英國，我倆開始了長達四年的冷戰。冷戰的原因說來好笑——他跟我表白，而我拒絕了他。其實也算不上表白，F君悶騷又傲嬌，連表白都特別婉約。

離別宴那天，我心情很差，因為剛剛得知F要去英國，而我是從別人口中才得知的，他之前一點都沒跟我說。幾個男生說上了大學第一件事就是找女朋友，大一結束之前必須要有初戀，我們的班長還很有工作效率地迅速成立了「初戀終結小分隊」，F也被列為隊員。

結果F特別淡定地說：「我已經有初戀了。」

他說這話的時候眼睛是看著我的，大家先是起鬨，然後順著他的目光看到呆若木雞的我，頓時安靜了。

我當時覺得特別氣憤，你都要走了，現在說這話是什麼意思，逗我好玩嗎？我冷著臉回答他：沒有，初戀是兩個人的事。

這估計是我這輩子說過最恨的話。

他與我對視了幾秒，然後低頭，不再說話。後來有人換了個話題，大家就都沒再提。結束之後鳥獸散，各自回家，不知怎麼就剩我們兩人，他陪我在路邊等車，我能感覺出來他在生氣，車來的時候，我故作輕鬆地跟他說：「到了那邊保持聯繫呀。」

他面無表情地說：「不會再聯繫了。」

他真是言出必行。那之後的四年，他沒再主動找過我，我給他留言，他也沒再回過。

我知道很多人不能理解我為什麼會拒絕他。我很認真地想過這個問題，起初覺得自己是賭氣，氣他走這麼遠，竟然都沒有告訴我。

但假設他不走，留下來，那我會接受嗎？

好像也不會。

遇到自己喜歡的人，反而小心翼翼不敢更靠近他，我不太明白自己這是什麼心態。後來我看了一部電影，男主角問他的老師：「為什麼我們總愛上那些不在乎我們的人？」

他的老師回答：「因為我們總覺得自己不配得到更好的愛。」

恍然大悟，是的，我覺得自己不配得到他的愛。

我性格裡有種根深蒂固的自卑。小時候大人們總拿我跟哥哥比較，觀潮很聰明，我處處都比不過他。再長大一些，又突然生病，總覺自己是家裡的累贅，對未來毫無指望。青春時期懂事了，開始察覺到自己家庭的與眾不同，單親家庭讓我變得懦弱又敏感。

有一回去F家玩，徹底懂什麼叫自慚形穢。

倒不是說他家經濟條件有多好，而是那種家庭氛圍讓我羨慕，開明，和諧，父母相愛。我記得他家客廳有一面很大的落地窗，亮晃晃的，當時我就想，在這個家裡長大的孩子，一定光明坦蕩。

那大概是他第一次帶女孩子回家，他媽媽表現得很友善，飯桌上問起我家的情況，問我父母是做什麼的。

真的只是無意間的一個問話，卻讓我感受到了前所未有的窘迫。

我已經不記得當時是怎麼回答的，也許慌亂地撒了個漏洞百出的謊吧。

臨走時他媽媽送了我一罐自己做的玫瑰餅乾，和善地說下次再來。

我也笑著點頭答應，但我知道我不會再來了。

我很喜歡他家，喜歡那個落地窗，也喜歡他媽媽，但我不會再來，因為抬不起頭，會羞恥。

是啊，世上最骯髒的莫過於人的自尊心。

我的青春期就是這樣——自卑，彆扭，敏感。

很長一段時間，我都不明白他為什麼喜歡這樣的我。

我們就這樣一直沒有聯繫，後來大學畢業我在長沙工作。母校六十年校慶的時候我回了趟老家，和高中同學聚會，才知道F也回來了。

班長給他打電話，說：「我們在XXKTV你來不來？」我有預感他會來，果然，沒多久班長就出去接他了。

我緊張得要命，坐立不安，最後很慫地躲進洗手間。

我在那裡磨磨蹭蹭十多分鐘，各種心理建設自我安慰，然後整理頭髮，深呼吸，推門出去。

人群裡我一眼就看到他。

特別奇怪，我們四年沒見，KTV裡燈光那麼暗，人那麼多，他也沒有坐在最中間，但我進門第一眼就看到了他。

他頭髮剪短了，穿著我記憶中沒見過的黑色毛衣，瘦了很多，也成熟了很多。

他抬頭，與我對視了幾秒，然後漠然地轉移了視線，完全沒有要和我打招呼的意思。

因為沒有空位，我只好悻悻地坐到點歌機旁邊，低頭點歌假裝自己很忙。F坐在隔我兩個人的位置。

自打他出現後，我就手腳都不知道該放哪了，心裡亂作一團。我得給自己找點事做，假裝自己不是很在乎他的存在。正好桌上有罐可樂，我看到救星似地拿起來，拉了兩下沒拉開，只好尷尬地默默放回去。

誰知我剛放下，那罐可樂就被人重新拿起來，啪一聲打開了。是F。

他一邊神色自如地把可樂打開，放到我面前，一邊側著頭跟旁邊的人說話，整個過程甚至都沒看我一眼。

我突然很想哭。

說來很有意思，我跟他絕交的時候沒有吵架，和好時沒有大哭，在一起時沒有告白，後來結婚也沒有正經八百地求婚，都是自然而然地就發生了……好像我們都知道它會發生，只是這一刻到來了而已。

那次之後我們的關係緩和了一些，開始恢復聯繫。他去了北京工作，我在長沙。有一次他來出差，我約他吃飯。

那天我從公司出來，遠遠地看見他穿了件黑色風衣，一個人在路燈下抽菸，秋風瑟瑟，他皺著眉頭心事重重，背後是五光十色的霓虹燈，襯得他更加孤單。

我是後來才知道的。那段時間是他人生的低谷，應該是他最絕望的時刻，替上司背了黑鍋，丟了工作，還欠了很多債，他常常失眠到深夜，用拚命工作麻痹自己，很多苦都只能憋在心裡，沒有人可以傾訴也不願意傾訴。

那一瞬間特別心疼他，感覺他肩上有很重的擔子，我卻從來沒有替他分擔過什麼，我甚至都不知道他什麼時候學會抽菸。

我繞到他身後拍他一下。他看到我，眉頭一下子舒展開，好像很高興的樣子，順手把菸滅了。

那天我們聊了蠻多，大多是回憶和工作，對感情的事避而不談。

一直坐到打烊，從飯店裡出來，街上行人寥寥，還飄著小雨，我們都不急著回家，就沿著馬路慢慢走。

我隨口問了他一個問題，我說：「有沒有某件事情，你很確信你可以做到，從來沒有懷疑過自己？」

他毫不猶豫地說：「有啊，很多。」

我說：「我跟你相反，我從來沒有這種自信，對很多事情都沒把握。」

他繞到我的右手邊，讓我走馬路裡面，低頭說：「那妳現在記住，有一件事妳可以確定——我永遠是妳的。」

他說得雲淡風輕。

後來，我就決定辭職去北京。

當時我在一家報社幹了一年，我主管叫老胡，在業內很有名，經常在大會上指著我鼻子罵我，然後熬著夜幫我重新整理採訪計畫，還會在我忙得雞飛狗跳的時候拉我去樓梯間陪他抽菸，他教育我要永遠保持理想和情懷，他是個很好很好的人，我一直把他當我的恩師。我決定辭職去北京，他第一個反對。

「妳犯什麼傻？」

「我沒犯傻。」

「妳去北京幹嘛？」

「我年輕，我要去開拓更廣闊的天地。」

「妳放屁！」他罵我。

我只好說實話：「讀書的時候有個特別好的男生喜歡我，我覺得人不能太自私，他為我走了九十九步，我也應該為他走一步。」

他不客氣地問：「沒這男的妳會死嗎？」

「死倒不至於，但肯定會遺憾，我長這麼大第一次覺得有人值得我拚命去珍惜，我不想再失去他。」

他便不再說話，悶頭抽菸。我就記得他在那個煙霧繚繞的房間裡衝我揮了揮手，說：「滾吧，後悔了再回來。」

我就這麼拖著箱子滾去了北京，至今沒後悔。

這些年我變化很大，慢慢變得開朗、自信、有趣。學生時代的我不是這樣的，那時的我是很不起眼的女生——永遠都穿著肥大的校服，戴厚厚的眼鏡，每天紮馬尾，把頭髮披下來和舉手發言都需要很大勇氣。

後來我離開家獨自去外地讀大學，結識了一幫死黨，都是非常鮮活有趣的人，工作後接觸了形形色色不同的人，拋棄了年少的自卑步向成人社會，從小跟班幹到能獨當一面。很多人都說成長殘酷，恰恰相反，我覺得成長是這世界上最最美妙的一件事——永遠有希望，永遠不怕輸，那麼多的絢爛風景，只有長大才能摸得到。

F沒有在我身邊的那段時間，我弄明白了一件事——問題不在他為什麼愛我，而是我究竟值不值得被愛？

我很贊同林夕的觀點，喜歡一個人，就像喜歡富士山，你可以看到它，但是不能搬走它——你唯一能做的，就是自己走過去，去爭取自己的愛人。

這個道理我花了這麼多年才明白，好在那個我以為一輩子都不會原諒我的人，一直站在原地等我。

所以我說，遇到F，是我這輩子最幸運的事。

我最不懂事的時候曾經對他說，你走吧，你會找到更好的人的。

他回了一句讓我至今震撼的話，他說：「我從來不想要什麼更好的人，我只想要眼前的人，妳究竟什麼時候才會懂？」

是的，我現在懂了，謝謝你始終沒有拋下我，謝謝你有足夠的耐心，去等一個女孩慢慢長大。

海底月是天上月，眼前人是心上人。

Chapter 5

我親愛的郝五一

我和 F 決定結婚，別人都對我說百年好合，

只有郝五一握著我的手說：「妳做什麼我都站在妳這邊。妳要逃婚我也給妳買跑鞋。」

她是我的同學、閨密、伴娘、孩子的乾媽，

到了八十歲我們還是養老院的床伴，

每天坐在輪椅上看帥哥，

她是我最最親愛的郝五一。

001

郝五一是我閨密，高中同學。

她生在五月一號，知道她名字由來的都會說妳爸媽也太省事了，郝五一長嘆，是啊，幸好我沒生在三月八。

據說郝五一小時候生了場特別大的病，差點沒命，所以她爸媽對她在學習上沒什麼要求，只要身體健康能蹦能跳就行，郝五一也特別爭氣，大大小小的考試從來沒跌出過倒數後三名，發揮很穩定。

她爸也不著急，總說沒關係，以後爸爸交擇校費[1]讓妳進X中。我們那代小孩都是聽著「進了X中就等於一隻腳踏進重點大學門檻」的教導長大的，但是後來我們都發現能不能考上大學跟這隻腳沒多大關係。

郝五一放心大膽地玩了三年，中考那年教育局突然改革，規定不准交擇校費，考多少分進什麼學校。

她們全家都傻了，她爸託了半天關係也沒轍，直到後來我們校長巧立名目改收「建校費」，郝五一這才跨進X中大門。

剛進校時我壓力特大，初中我還能混個前十，來了這裡才知道人外有人，舉目四望皆是學霸，跟他們一比我渣都不是。

所以我對郝五一特別好，幫她買早餐，陪她做值日，吃飯把肉挑給她，讓她深切地體會到了同窗之愛，時至今日她提起都眼淚汪汪。我實在沒忍心告訴她，其實是因為我怕她會轉學——有她在我至少不用墊底。

有一回考數學，我很沒把握，郝五一坐我後面，交卷的時候她把考卷傳上來，頓時我就震驚了，後面的大題她滿滿當當全寫滿了！我眼前一黑，心想完蛋了，這回我肯定倒數第一。

下課，F同學去幫老師改考卷，回來對我說：「放心，妳比她好點。」

我說你別安慰我，我看到她全寫滿了。

---

1 擇校費：又稱為教育贊助費或是捐資助學費，意即為了進入居住地的學區以外、條件更理想的學校，可繳交一定費用給學校取得入學資格。

F同學滿臉黑線：「她一道題沒答，把題目抄了五遍。」

我和郝五一都有小癖好，我喜歡搜集漂亮的包裝紙，她喜歡搜集漂亮的筆記本。每個學期開學，她都會準備五、六個新筆記本，特莊重地寫上「語文筆記」、「數學筆記」、「英語筆記」等等，認真記完五頁就堅持不下去了，後面全部拿來畫五子棋。

我們以前上課傳紙條，交流各種八卦，大家都是用草稿紙隨手一撕。只有郝五一，為此特別準備了一個傳話本。

這個本子堪稱我班八卦傳記，詳細記錄了誰跟誰戀愛，誰跟誰分手，誰當了誰的小三……

後來這個本子不幸被班導師查獲，班上所有祕密都被班導師知道了，大家恨不得掐死郝五一。

有一陣子班上流行穿 Nike 的板鞋，Air force 那一款，好像是四百多塊。這種時候我就萬分痛恨自己不是獨生子女，媽媽預算有限，我知道她掙錢不容易。觀潮嘴甜會撒嬌，纏著媽媽先給他買了，我就不太忍心再要一雙。

說心裡不介意那是假的，十六、七歲正是虛榮心最強的時候，看到別人腳上穿名牌而自己穿的是幾十塊錢的雜牌，感覺說話都沒底氣了。

有一天上體育課，自由活動時女生們圍在一起閒聊，大家聊到 Nike 新出的板鞋，然後發現，全班幾乎每人都穿的是 Nike 或者愛迪達。突然有一個女生說，沒有啊，喬一一就不是。

又有人指著我腳上的鞋問，妳那是什麼牌子？

那一瞬間彷彿自己做錯了事被發現一樣，我滿臉通紅，不知道該怎麼回答。旁邊的郝五一買了根冰棒，順手掰了一半給我，坐下來大大咧咧地說：「我媽說 Nike 鞋硬還死貴死貴的，坑的就是我這種敗家玩意兒。」說得別人臉上訕訕的。

那之後她就很少再穿 Nike 了，整天和我一起穿雜牌鞋。

有一年郝五一過生日，我給她送了雙鞋，那晚喝多了，我跟她說我一直都記得當年她替我解圍。她瞪大眼睛，忘得一乾二淨：「真有這事？我怎麼一點都不記得了？哦對！我媽確實罵過我是敗家玩意兒，這個我記得特別清楚。」

有些人充滿戾氣和惡意，是因為他們從未被人溫柔相待過。我相信自己能始終溫柔，因為年少時遇到了善良的人。

我們學校有兩套校服，一套藍色一套紅色。有一回教育局的長官來視察，班導師再三強調必須統一穿紅色校服。

也不知道郝五一是沒聽見還是忘了，總之週一一來，全校都紅彤彤的，只有她一個人穿的是藍色校服，站在隊伍裡格外顯眼。

班導師氣得在走廊上把她臭罵了一頓：「就因為你我們學校不能評優秀了，妳就是老鼠屎壞了一鍋湯，要給妳記大過……」

郝五一再怎麼大大咧咧也是個女孩子，當著這麼多人被罵，一直低著頭努力忍著不哭。

我想安慰她，但猶豫了一下，因為之前我倆大吵了一架，具體是為了什麼我現在已經記不清了，就記得跟閨密絕交的傷心一點不亞於跟戀人分手。

那天下了第一節課，突然被通知去樓下集合，大家都猜肯定是因為校服的事，校長要訓話，郝五一被嚇得臉色發白。

班導師趕著大家去樓下排隊，班上只剩下我了，就在那一刻，我做了個決定——為了朋友，決定一起受罰。

我換上了藍色的校服走進隊伍裡，F特別吃驚，因為我穿的是他的校服，他經常懶得帶回家，校服都塞抽屜裡。

郝五一看到我，愣了一下，然後哇地一聲就哭了，哭得特響亮。看見她哭我也哭了，可能是害怕自己真的也會被記大過吧。如果是電影，這時候要是來個俯拍，畫面就能看見一片紅彤彤的海洋裡，兩個小藍點面對面哇哇哭，跟神經病似的。連主席臺上訓話的校長都停下來，目瞪口呆地看著我們倆。

當然後來我們沒被記過，只被罰打掃了一個月環境整潔。郝五一跟我說，那是她長這麼大最丟人的一次經歷，卻因為我讓記憶無比溫暖，那時候她就覺得，我一定是她一輩子的朋友。

郝五一成績落差特別大，數理化三科加起來還沒語文一科高，升高二那年，學校據傳要分A段班B段班C段班，郝五一開始著急了。

F君是乖寶寶，必須按時回家，我把觀潮拉來給郝五一補習，然後我的惡夢開始了……

通常情況是這樣的：

觀潮扔出一道題。

郝五一還在讀題目。

觀潮已經唰唰唰寫完答題步驟。

郝五一：「你寫啥？我根本看不懂。」

觀潮：「這都看不懂?!我已經寫得很詳細了。」

我伸頭一看，靠，答題步驟需要五步，觀潮大爺直接從第一步跳到最後一步，完全看不懂他那個答案是從哪算出來的。

後來我們總結，觀潮有他自己的思維，只有他自己能理解，而且我們還不能說他，說了他就生氣摔桌子走人罵你們蠢死了。

通常這種情況我就閉嘴，按我以往的經驗，跟他吵架耗時耗力勝算還很少。但郝五一不同，郝五一是永遠不會服輸的，跟頭鬥牛似地噌一下就上去了，兩人吵得翻天覆地各種人身攻擊。

就在我以為他們會絕交的時候，這兩個人居然又坐回去一邊抄一邊研究如何從第一步算到第五步。

這也是一種特殊的相處模式吧。

007

觀潮從小跟我一起長大，他沒什麼性別概念。有一回我、F君、郝五一和觀潮一起回家，我和F君走在最前面，觀潮在中間，郝五一在最後。走到一半，郝五一突然停下來喊我。

「喬一，妳有沒有帶那個？」

「什麼？」

她做了個口型。

我一頭霧水。

觀潮說：「衛生棉。」

「什麼？」我沒聽清。

「郝五一問妳有沒有帶衛生棉，她大姨媽來了！」觀潮嗓門無比洪亮地說。

郝五一瞬間石化，連萬年冰山臉F同學也臉紅了……

008

郝五一有個青梅竹馬的男朋友，比她大四歲，在讀大學。他們父母關係特別好，有時候還直接互稱親家。

大概也是因為有男朋友寵著，郝五一一直沒心沒肺大大咧咧。可是高一那年，男生突然跟郝五一提出了分手。

郝五一很傷心，整個人都瘦了一圈，魂不守舍了半個月，有天晚上她突然打電話給我，說明天要和男生好好談談，最後神神祕祕地問：「妳會化妝嗎？」

我當然不會，問她為什麼要化妝。

她說：「我要以最美的樣子出現在他面前。」

於是第二天，郝五一偷了一堆她媽的化妝品跑我家來，我們折騰了一上午，化了個自以為很美但其實醜得沒法看的妝，我讚美她中國芭莉絲[2]，她誇我是大陸桂綸鎂。

一旁的觀潮聽不下去了，說妳們女生的友誼真虛偽。

我說你懂什麼，要閨密來幹嘛的？就是為了滿足虛榮心的啊！

中國芭莉絲去跟男朋友談判，過程我不清楚，總之最後郝五一哭得撕心裂肺不肯回家，男生從她手機裡找到我的電話，我拉上觀潮去接她。

還記得當日月黑風高，我們在河邊找到郝五一，她一把鼻涕一把淚，披頭散髮，臉上的妝暈成了調色盤，據觀潮回憶，當時他嚇得腿一軟，以為是哪裡冒出來的河童。

男生後來提了一個特別無理的要求，他說，只要郝五一在他生日之前折九千九百九十九顆幸運星送他做禮物，他就答應和好。

可距離男生生日只剩不到一週了，郝五一每天都在折，我也幫著她折，後來坐我們周圍的女生知道了這事，也主動幫忙折，最後不知不覺竟發展成差不多全班都在折！少數幾個手笨不會折的（比如F同學）就幫忙數數，定時匯報還剩多少顆。

2 芭莉絲（Paris Hilton）：又譯為派瑞絲・希爾頓，是美國有名的社交名媛、演員、歌手和模特兒，也是著名希爾頓酒店集團承繼人之一。

那一週太神奇了，下課鈴一響，我們全班靜悄悄的，沒有人出去玩，所有人都在埋頭折幸運星，一心一意地幫郝五一。大家都被這種莫名其妙的凝聚力感染了，彷彿是即將上戰場，我們都是並肩的戰友。

現在回想起這個畫面真是詭異，靜悄悄的教室裡，每個人都低著頭，嘴裡念念有詞，不知道的還以為我們班在集體舉行某種祭祀。

終於在男生生日之前，我們全班湊齊了九千九百九十九顆幸運星，郝五一買了個超大的花瓶。

那天放學後，大家都沒走，花瓶傳遍了全班，每個人都把自己折的幸運星裝進去，最後回到郝五一手裡，滿滿一瓶。

郝五一帶著這瓶幸運星去找她男朋友，男生特震驚。當時提出這個要求其實想讓她知難而退，沒想到她居然真的做到了。

他們還是分手了，可郝五一說，很奇怪，抱著那一瓶幸運星回家的路上，她一點也不難過。

後來高三有個學長得了白血病，學校呼籲每個班搞義賣，把賣的錢捐獻給那個學長。我們建議郝五一把那瓶幸運星賣了。義賣那天，我們全班和郝五一把一大瓶幸運星扛到操場上，引得眾人側目，簡直拉風。

這瓶幸運星最後被我們班導師買走了，一直放在他的辦公室。今年有同學回去看他，說那瓶幸運星居然還在。現在回過頭想想，當年我們全班集體折星星，成為全年級一景，以嚴厲刻薄著稱的他竟然睜一隻眼閉一隻眼，也許他也被我們感染了吧，那時青春年少的我們，單純而充滿熱情，叛逆而天真善良，那真是最好的我們。

010

某日和郝五一喝酒。郝五一同學相親相了無數，但一直沒定下來，我問她為什麼，她說：「我有心理障礙。」

我：「啊?!什麼障礙？」

郝五一：「喜歡上一個人總需要一點時間，而我又總是在這段時間裡發現對方是個傻逼。」

我：「哈哈哈哈，我跟妳相反，我當初迅速嫁給F君就是擔心他發現我是個傻逼。」

F君在旁邊歪著頭聽了半天，最後說：「難怪我一直覺得不對勁，原來是被詐了……」

011

郝五一現在在出版社工作，某日陪她去書店做市調，看到李安的書，郝五一嘖嘖感慨：「真想做一本名人的書啊，封面文案都不用寫，放上作者名就能暢銷。」

我說：「那倒是，妳努力做一本張藝謀的書也是這個效果。」

「全中國想做張藝謀書的編輯多了去了，我搶不到。我倒覺得妳和F都是潛力股，等以後你們出名了一定要把自傳給我做。」

「我這麼不求上進，指望我是不可能了。」

「當然沒指望妳了，F出名就行了呀，到時候妳的書就是知名企業家F先生第一任髮妻的首本傳記。」

「等等，為什麼是第一任？他還有第二任嗎？」

「這就說不一定了，錢賺多了受到的誘惑就大，我打算把他的一二三四任都出自傳，做成一個系列，絕對暢銷。」

「再見，我打算現在就和妳絕交。」

我和F決定結婚，別人都對我說百年好合，只有郝五一握著我的手鄭重其事地說：「親愛的，妳做什麼我都站在妳這邊，就算妳要逃婚我也給妳買跑鞋。」

F君瞪了她無數眼。

她是我的同學、閨密、伴娘、孩子的乾媽，到了八十歲我們還是養老院的床伴，每天坐在輪椅上看帥哥，她是我最最親愛的郝五一。

Chapter 6

一輩子很長，要跟有趣的人在一起

「老公，你知道今天是什麼日子嗎？」

「什麼日子？」

「是我們結婚五百八十七天紀念日！」

「所以呢？」

「你是不是該表示一下？」

他白我一眼：「只有養豬才會記錄安全生產的天數。」

061

去年冬天我莫名其妙長了濕疹。

去醫院開了一堆藥，醫生囑咐我要忌口，不能吃海鮮，不能喝牛奶，不能吃雞蛋，不能吃牛羊肉，不能吃辣椒……

頓時覺得生無可戀。

「活著還有什麼意義，人生在世，不就是為了一口吃嗎？」

他瞪我一眼：「瞧妳那點出息。」

在F君的監督下，我們家簡直可以去申請綠色環保單位，餐桌上綠油油全是蔬菜，吃得我眼睛冒綠光。

他看我可憐，終於鬆口准我吃豬肉。

當晚炒了一盤魚香肉絲，吃得我眼淚都快下來了，由衷地說：「我覺得這個世界上讓人看了就會幸福的字是就是肉。」

過了一個冬天，濕疹終於好了，小腿上的傷口被我抓破留了疤，夏天穿短袖時，朋友問怎麼回事。

我看F君一眼，可憐兮兮地說：「因為我不乖，被家暴了。」

他愣了幾秒，馬上板起臉說：「不是警告過妳不准說嗎？回去再打一頓。」

哈哈哈哈，我沒忍住笑場了。

我跟F結婚那天，他被灌了不少，主要是他一直護著不准我喝，我的酒全讓他代了。

敬酒的時候他一直牽著我，牽得特緊，我笑說你擔心我會跑嗎？

他嚴肅地點頭，是啊，好不容易騙到手。

我說你放心吧我不會跑的，除非周杰倫來搶婚。

後來這傢伙喝多了，一改往日冰山形象，端著酒，晃晃悠悠地說：「今天我高興，在座有誰能幫我帶個話，鄙人由衷感謝蔡依林、侯佩岑，妳們要跟周杰倫好好過……」

底下一群人，包括我，飯都噴出來了。

003

結婚前，閨密們給我搞了一個單身Party。

F經常罵我人來瘋，真的一點沒錯。一大堆好朋友聚在一起我就特別高興，一高興就主動找酒喝。

記憶中那晚我好像不斷地跟人碰杯，紅酒啤酒雞尾酒香檳各種喝，最後我毫無怨念地喝到掛。

第二天昏昏沉沉地睡到下午四點，起來我問F君：「我昨天是不是喝多了？」

他點頭。

「我……沒丟人吧？」

他：「不堪回首。」

「我做了什麼？」

「拿著話筒對服務生喊把你們這兒最漂亮的姑娘叫來，逼著每個人誇妳漂亮，對周杰倫的照片說對不起下輩子一定先嫁給他……」

我把頭往枕頭下鑽，實在是沒勇氣再聽下去。

「不過最丟人的不是妳，是觀潮。」

「啥?!」

「我們好不容易把妳哄回家，妳突然抱著觀潮哭。」

「為什麼？」

「妳一邊哭，一邊對他說對不起，說以前最愛的男人是他，可現在妳不能再愛他了。」

F憋著笑繼續說：「觀潮拚命跟旁邊的人解釋他是妳親哥，別人看他的眼神就更奇怪了……」

004

我總分不清「N」和「L」的音。

每次說「鐵板牛柳」我都會說成「鐵板柳柳」。

這是某人永恆的笑點，他無聊的時候就愛逗我：「妳說鐵板牛柳。」

我不服氣啊，怎麼可能一直說錯呢？

於是很配合地說：「鐵板柳柳……」

說完就知道自己又錯了，他哈哈笑半天。

我也不知道笑點在哪裡。

005

F君有個姪子，是個少年老成的小學霸。我每次看到他就彷彿看到童年時代的F君，忍不住想調戲。

「聽說你把牛津校訓貼在床頭？」

小學霸告訴我：「現在換成哈佛了。」

「不去英國了？」

小學霸一板一眼地說：「英國水質太硬，在那邊待久了容易禿頭。」

我默默看了一眼F君。

小學霸趁機向他的男神表白：「但是F叔叔的學校很喜歡。」

F摸摸小學霸的頭：「嗯，有品味。」

「我媽媽說F叔叔的專業很難考。」

我逗他：「也沒那麼難，主要看臉。」

小學霸不可思議：「妳騙我吧？」

我一本正經：「會有面試的，教授看誰好看就招誰。」

「真的假的?!」

「當然真的。」

小學霸的人生觀遭到極大顛覆，轉頭眼淚汪汪地問F：「真的靠臉？」

F同學沉吟片刻道：「也不全是。」
他面不改色地說：「偶爾也會猜拳。」
……
他這幾年是真的被我帶壞了，他以前是個多麼正（無）經（趣）的人啊。

006

我有個怪癖，上廁所的時候一定要看書，F君調侃我「畢業之後接受文化教育的地點就從學校換成了馬桶」。
有一回太急了忘記拿書，我楞是把洗髮水的使用說明逐字逐句看完。出來，我跟他說能不能在馬桶旁邊放個書架。
他白我一眼。「不可能。」
「誰規定浴室不能放書架？」

「我規定的。」

「這事沒得商量？」

「門都沒有。」

我腦子一轉，說：「我想到一個兩全其美的方法。」

他冷哼一聲：「妳是想說不答應妳就在書房裡放個馬桶嗎？別做夢。」

他慢條斯理地補充：「妳心裡打的那點算盤，我隔兩條街都聽得到。」

氣得我生生把話嚥了下去。

他還真猜對了……

上星期陪他參加飯局，他們公司的大Boss在席，我不敢造次，全程低眉順眼。

大Boss不知道從哪裡得知我大學讀的是中文專業，要求我給他女兒開個書單。

「我女兒看的那些書，男男女女只知道談戀愛，他們都不需要工作嗎？沒有社會壓力嗎？簡直胡鬧。」

我心虛地點頭稱是，並睜眼說白話地表示：「我平日都看嚴肅文學。」轉而與之討論司湯達[1]的創作模式和維多利亞時期的小說特點。

一頓飯吃得彷彿回到論文答辯現場。

回去的路上跟F感慨：「你們Boss真難伺候啊。」

「他爺爺是XXX。」

我倒吸一口涼氣。那可是文壇泰斗啊！我小時候還背過他老人家的文章。

「那我剛才豈不是班門弄斧?!」

「也不是，不過……平時只看嚴肅文學？昨晚熬夜看言情小說的是誰？」

我面不改色：「不知道耶，也許是你小老婆？」

F君在我們家別稱算命先生，他什麼都能算準。

我要去X市參加朋友婚禮，因為貪便宜訂了早上七點的機票。F君在外出差，聽說此事後對我表示相當不信任。

「七點的飛機，五點半就要出門，妳起得來嗎？」

我信心滿滿：「放心吧沒問題！」

結果，當天晚上臨時加班到兩點才睡。

凌晨接到F同學的電話：「起床了。」

我：「現在才五點……」

「妳昨晚熬夜？」

「別說話我抓緊時間再睡十分鐘……」

1 司湯達（Stendhal）：原名馬里-亨利・貝爾（Marie-Henri Beyle），十九世紀的法國批判現實主義作家，著名作品是《紅與黑》、《帕爾馬修道院》。

迷迷糊糊掛斷電話，再睜開眼睛已經七點半，萬念俱灰地告訴F君。

「我起晚了。」

「知道。」

「我去改簽吧……」

「已經幫妳改好了，九點四十五，去機場不堵車的話三十分鐘，妳現在起床還能吃個早餐。PS. 我早料到會如此。」

我：「算命先生請受我一拜！！！」

睡前我問他：「你喜歡我什麼？」

他張口就來：「善良，體貼，有趣，獨立，性格好，有品味。」

「還有呢？」

「漂亮。」

滿分！我誇他誠實，親一口，關燈睡覺。

半夜突然驚醒，不對啊，這根本不是我，他是不是在外面還有一個老婆?!

016

他的工作需要長期出差，又不放心我一個人在家，臨走前我幫他收拾行李，他突然很孩子氣地說：「妳跟我一起走吧。」

我說不要。

因為是早上的飛機，第二天我醒來他已經走了，我迷迷糊糊地起來喝水，看到他在冰箱上貼了張紙條，走近一看，上書：

「不要給陌生人開門。」

我一口水噴出來，天雷滾滾地給他打電話。

「你把我當三歲小孩了嗎？」

「妳是三歲小孩就好了，我去哪都把妳帶在身邊。」

我很喜歡搜集明信片，所以他每去一個地方都給我寄一張明信片回來。

不久我就收到了好幾張，但收信人分別為：王建國、李勝力、王自強。

我又天雷滾滾地給他打電話，他理直氣壯地說：「為了讓郵遞員知道家裡有男人。」

然後過幾天我在淘寶上買東西，快遞打給我電話，開口就喊：申大勇。

果然，這傢伙把我收件人姓名也改了。

F同學，不知你是否考慮過，讓別人以為家裡經常出入不同的男人，情況更加危險好嗎？

011

有一晚，我倆為了一點小事吵架，睡前鬧得不歡而散，躺在床上誰也不理誰。第二天一早，他要趕飛機，四點就起床。

我沒睡著，感覺鬧鐘響了一聲，他很快按下，然後燈也沒開，躡手躡腳地抱著衣服出去。

我以前還納悶，為什麼每次他走我都沒察覺。跟我吵架拒絕和我說話的人是他，為了不吵醒我，每回都摸黑去外面換衣服的也是他。

012

我喜歡吃水果，尤其是櫻桃，心心念念等到上市，買了兩斤打算一邊看電視一邊吃。

回到家第一件事就是把櫻桃洗乾淨，放進新買的玻璃碗裡，喜孜孜地端進客廳，正好電話響了，我順手把櫻桃塞到F手裡，轉身去臥室接電話。

等我打完電話回來，碗裡居然空了。

我怒了：「誰讓你吃的！！！！」

「不是給我的嗎？」

「是我的！你最多只能吃三顆！」

正好剛在電話裡跟人學了個詞「友盡」，我立刻對他說：「再見吧，十年友情走到盡頭。」

他酸溜溜：「原來我們的情分還不如兩斤櫻桃。」

第二天，他下班提了一大袋櫻桃回來，我立刻喜上眉梢，心想這傢伙真懂事。晚上吃完飯，我看著他慢悠悠地端了一大碗櫻桃出來，坐下，開電視，然後……然後就自己一個人抱著吃了……

我等了半天沒忍住，伸手說：「我也要。」

他彷彿才看到我，恍然大悟似的，慢條斯理地從碗裡選了三顆遞給我。我不解，他不慌不忙地解釋：「我們的情分只值三顆。」

我愣了幾秒才反應過來。F同學，你同事知道你這麼幼稚嗎?!

F同學其實是非常懂如何哄我開心的，證據之一就是昨天我跟他說：「其實我特別好哄，我又不刷你的卡，也不買包包，你只要使勁地誇我就行，娶我是不是很划算。」

他斬釘截鐵地打斷我：「不，我看中的只是妳的外貌，要不是妳長得好看我早就離婚了。」

我立刻心花怒放，表示：親愛的你晚上想吃啥我都給你做！

014

經常被他罵笨蛋，我好像也就接受這個稱呼了。有一天跟朋友約了吃飯，我倆出門晚了，繞了幾圈都找不到停車位，正急著呢，突然前方有個空位，我趕忙催他：「快快！就那了！」

「那是殘障人士專用的。」

我脫口而出：「沒事！我腦殘！」

說完我自己都愣了，他趴在方向盤上笑得擦眼淚。

015

我看書的時候喜歡在旁邊信手批註，想到什麼寫什麼。有一回看《左傳》，提到春秋時文姜跟親哥哥亂倫，齊國皇帝為了她直接把魯國皇帝殺了。我在旁邊批

註：五湖四海皆兄弟！

過幾天再去翻，發現某人在下面加了行字：天下流氓是一家。

他以前挺正經的一個人啊，怎麼現在這麼不正經了！

016

想和他出去玩，趁著他心情好的時候，抱著他賣乖：「老公，你知道今天是什麼日子嗎？」

他心情果然很好，特配合地問：「什麼日子？」

我說：「是我們結婚五百八十七天紀念日！」

「所以呢？」

我諂媚地笑：「你是不是該表示一下？」

他白我一眼：「只有養豬才會記錄安全生產的天數。」

我被他噎得啞口無言，坐到一邊生悶氣。

他憋著笑說：「想要什麼就直說吧。」

我說：「誰稀罕。」

「給個面子，就當為我慶祝。」

我沒好氣：「慶祝什麼？」

「慶祝我安全養豬五百八十七天。」

他笑瞇瞇地拍拍我的頭。

Chapter 7

三件小事

我有那麼那麼多話想對他講，想告訴他，

我現在很快樂，沒有特別自卑了，

每天都努力讓自己變得更好，

我一點一點變優秀，我對未來充滿期許。

現在的我是最好的我，如果你在我身邊就好了。

001

深夜突然想起幾件事。

大二時，一個高中同學來長沙找我玩。

聊天時她說：「我一直以為妳讀C大是因為F。」

我說沒有啊，問她怎麼會這麼想。

她說：「妳不知道嗎，C大跟F的學校每年都有交換生。」

我知道，剛進校就聽說過，但我從來沒在意過。

「當時我們填志願，F突然來找我，問我哥是不是讀C大，現在在英國做交換生？我說是啊，C大每年都有名額。他跟我要了我哥的MSN。當時我還以為是他想報C大，後來才明白過來，他是替妳問的。」

我愣了：「可是他從來沒跟我說過這些。」

「也許是不想給妳壓力吧。」

當時我大腦一片空白。

我的志願填得很糾結，不像觀潮和F，填最好的就是了，以我的成績不上不下，反而最難選。

現在回想起來，我志願裡所有的學校都是F翻著書給我找出來的。直到那一刻我才明白，其實很早以前，早到我還在瑟縮著逃避著將他推遠時，他就一聲不吭，把我計畫進了他的未來。

成長最遺憾的部分在於，我們總在最無知的年華遇到最好的人，卻不自知。

第二件事。

我是個反應很慢的人，他走之後我沒有特別去想他，事實上沒有他的大學生活，我過得特別充實快樂，交了一幫開朗有趣的朋友，至今很懷念那段時光。

有一天，我在圖書館看書，下午四、五點的光景，我坐在靠窗的位置，陽光透過百葉窗照在我的書上，透明的光束下，我看到一句話：

「只是春光如此，卻不得見你。」

回去的路上，那句話一直在腦海裡揮不去。從圖書館回寢室平時只要十分鐘，那天我走了很遠的路，一個人把學校繞了一圈。

太陽落山，我往回走。

最後一抹餘輝留在地面，梧桐樹在兩側被風吹得沙沙響，一切都平常，一切都很好，可是那個瞬間，我突然體會到了什麼叫「能與人說的都不算孤獨」。

腦子裡一直迴響著那句話，只是春光如此，卻不得見你。

當時，學校廣播特別應景地放著張信哲的「白月光」。

白月光 照天涯的兩端
在心上 卻不在身旁
擦不乾 你當時的淚光
路太長 追不回原諒
……

白月光 照天涯的兩端
越圓滿 越覺得孤單
擦不乾 回憶裡的淚光
路太長 怎麼補償[1]

我聽著歌詞，忽然在路邊哭起來。

那是他走了之後，我第一次因為這件事流淚。我很能克制自己的感情，也很擅長忍耐，可是那一刻真的覺得自己無法再克制下去了。我發現自己有那麼那麼多話想對他講，想告訴他，我現在很快樂，我沒有特別自卑了，我的生活輕鬆愉悅，每天都努力讓自己變得更好，我去參加社團學生會各種選修課，一點一點變優秀，我對未來充滿期許。現在的我是最好的我，如果你在我身邊就好了。

只是春光如此，卻不得見你。

1 「白月光」，作詞：李焯雄／作曲：松本良俊／編曲：Terence Teo／演唱人：張信哲

003

上面那兩段寫得心裡難受，闔上筆記型電腦回頭看他。

他已經睡了，剛才用新買的剃鬚刀把下巴刮了個口子，我惡作劇地給他貼了張海綿寶寶的ＯＫ繃。

我爬上床輕輕在他耳邊說：「我們以後再也不分開了好不好？」

「大晚上發什麼神經。」他睡意朦朧地哼哼。

「先回答我嘛。」

他閉著眼睛給我蓋被子。

「遇見妳那天起，就沒想過要分開。」

這是第三件小事。

Chapter 8

和摩羯男吵架大概是這樣的

把摩羯男惹毛是很可怕的，他們不會吵架，

只會用一套完備的冷暴力系統將妳扔到北極。

001

讀書時有一次跟他吵架，起因是什麼我都忘了，總之我們很久沒說話。暑假裡，有一天班長打電話給我，要去班導師家幫她過生日，讓我聯繫F。

我就勉為其難地主動給他打了電話，手機關機，只好打他家裡，是他媽媽接的，說他不在家，去上海旅遊了。

開學的前幾天他突然打電話給我，問有什麼事。

都過去一個多月了，這傢伙反應可真慢！我突然想起上次他媽媽接電話的時候也沒有問我的名字，問他怎麼知道是我。

他說：「我媽說打電話的是個女生，我們班只有妳一個女生知道我家電話。」

突然就心花怒放，開學的第一天還諂媚地主動給他買早餐，這傢伙沒明白怎麼回事。

我真是個沒原則的女人啊。

把摩羯男惹毛是很可怕的，他們不會吵架，只會用一套完備的冷暴力系統將妳扔到北極。具體可參見他對我長達四年的冷戰。

後來我問他：「請問F先生你是如何狠下心的？」

他冷哼一聲：「太輕易原諒妳就不長記性。」

「你知道我有多難受嗎？」

他嘆氣：「我未必比妳好過。」

同事（男）在辦公室分享與女友吵架的正確步驟。

第一步：閉嘴。不管女友說什麼都不能頂嘴，小不忍則亂大謀，如果忍不住吵起來，後面會有更大的麻煩。

第二步：認錯，別問為什麼，必須主動認錯。

第三步：擁抱＋表白，要緊緊擁抱住對方，注視著對方的眼睛，用你這輩子最誠懇的語氣說：「對不起，我愛妳。」

我默默做筆記。同事說回去讓妳男人學嗎？我搖頭，不，是我學，回去哄我們家摩羯男。

004

我跟F君說：「F同學，有時候我覺得我們倆性別錯了。」

「哦？」

「真的，跟你比起來，我簡直是個爺兒們。」

「何以見得？」

「你自己回想一下，我們倆誰生氣次數比較多？」

「我。」

「這說明什麼？」

「說明妳經常做錯事。」

「屁！證明你小氣。」

有一回我倆吵架，吵完我去跟郝五一打電話，氣憤地說：「這次他真的太過分了！他說完那句話，我的血頓時噌噌往腦門上衝，差點被氣瘋。」

郝五一立刻問：「那他到底說了啥？」

「他說……」我拿著電話想了好半天：「媽的，我忘了。」

郝五一罵我：「妳不是大氣，妳是健忘！」

我吸取經驗教訓，第二次他還和我吵，我大喊：「先等等！」

迅速拿出手機，打開語音備忘錄，把話筒對準他。

「好了，繼續！」

他愣住，罵我有病，噗哧一聲笑了。

倒是真的認真吵過一回。

有一天逛街看中一條印花長裙，歡天喜地地試給他看。

他搖頭說不好看，不由分說拉著我就走，回到車上還數落我：「不是錢的問題，好看多貴我都給妳買。」

「可是我喜歡，不好看怎麼了？你就不能稍微縱容我一次？」

他特霸道地說：「妳買裙子不就是穿給我看的嗎？我說不好就是不好！」

我氣得喊停車：「不想和你說話！我要下車！」

只聽「吱——」一聲剎車，我差點撞上擋風玻璃，這傢伙居然真把車停下了！

我硬著頭皮拉門下車，腳剛落地，他就一腳油門、頭都沒回地開走了。

我那一個氣啊，世上這麼多男人，我怎麼就找了一個超級大男人主義的沙文豬呢。

走了幾步才發現我的包還在車上。旁邊有個星巴克，我進去找人借手機給郝五一打電話，越說越委屈，眼淚吧嗒吧嗒地掉。郝五一說別哭啊，不就一條裙子嘛，姊給妳買兩條，一條穿一條掛衣櫃裡看！

還是女人最懂女人。

沒過多久郝五一來接我，第一句話就是：「妳男人快急死了，給我打電話，說倒回去沒找到妳。」

我說讓他急，誰讓他扔下我不管。

在郝五一家吃了晚飯，聊八卦看韓劇，到了十點，我說要回家。

「你倆不是在吵架嗎？別回了，在我這兒睡吧。」

「不行，他明天出差，我得回去給他收拾行李。」

郝五一送我下樓。

她家樓下路燈壞了，突然有燈亮起來，一輛車開著遠燈給我們照路。

我走進一看就樂了，這不是F的車嗎？

他乖乖下車替我開門。

我問他：「你啥時候來的？」

他說：「剛到。」

郝五一說：「我跟他打賭，說妳會在我家睡，他說不可能，一定要來接。」

我嘿嘿傻笑。

郝五一罵：「見色忘義的傢伙，趕緊滾吧！」

我樂滋滋地跟他回家。

我脾氣來得快去得也快，每次剛吵完就後悔，抓耳撓腮地想怎麼道歉，後來F跟我講，其實他也是。

006

他去參加大學同學聚會，問我要不要一起。

「不要吧，我都不認識。」

「沒關係，他們認識妳。」他說。

我就跟著去了，剛一落座，就有人指著我喊：「啊！就是妳！」

我一頭霧水，我怎麼了？

「妳QQ頭像是個兔子，對不對？」

「你怎麼知道？」

他特得意：「小F天天都會去妳QQ空間[1]，妳那日誌寫得跟流水帳似的，他每篇都一字不漏地看完。」

我特震驚地問F：「那你為什麼從來不跟我說話?!」

我可是每天都掛著QQ等他呀！

「我還沒原諒妳。」他傲嬌本性發作。

同學繼續爆料：「他是死鴨子嘴硬。有天晚上看完妳的日誌，他提著酒跑來敲我的門，要我陪他喝酒。」

「哈哈哈哈，為什麼啊？」

「還能為什麼，知道妳有男朋友了唄。老子第二天有考試啊，這鳥人拉著我喝了一晚上，最後就記得他抱著馬桶吐了半天不出來，我走進去一看，酒都給我嚇

1　QQ空間：QQ是一款即時通訊軟體，QQ空間為軟體提供的社交平台之一，可發表日誌、上傳照片，跟朋友分享生活訊息。

醒了……」

F冷眼一掃，打斷他：「夠了啊。」

那人還就真的不說了。

我聽得正激動呢，哪能就此打住，纏著要F說他在做什麼。

他放下筷子，語氣淡淡的：「我哭了。」

我腦袋「嗡」一下蒙了。

「我那天很傷心，從來沒那麼傷心過，把自己灌醉哭了一場，就這樣。別問了，吃飯。」

他替我盛了碗湯。

我哪還吃得下去，盯著那碗湯恨不得一頭栽進去。心裡特別不是滋味。他以前總說，分開的那幾年他比我難熬，我沒往心裡去，以為他說說而已，從來沒有想過他在大洋彼岸每天都偷偷關注我，還因為我哭過一場。

回去之後，我們很認真地談過一次，他告訴我不用愧疚，事情已經過去了，我也沒有做錯什麼。

話是這麼說，心裡還是覺得對不起他，於是對他格外殷勤，有求必應，在他面前說話都小聲了兩個八度。

後來有一天我突然想起來，不對啊，我從來沒有在日誌裡提過男朋友的事呀。

我問他：「我當時寫了什麼啊？」

「忘了。」

「你是不是看錯了，我不記得我寫過關於男朋友的事啊。」

這回他來勁了：「XXX年X月XX號的日誌，妳自己去看。」

你剛剛不是還說忘了嗎？要不要打臉打得這麼迅速。

我去翻X月XX號的日誌，挺普通的一篇流水帳：放假在家陪我媽包餃子，為韭菜餡還是芹菜餡跟觀潮吵了一架……無任何異常。

「哪不對了？」我問他。

「倒數第二段最後一行。」

「今年冬天比往常冷，也不知道男朋友在學校會不會被凍……」

我傻了三秒，把滑鼠一摔：「靠！那是我們室長撿的狗！取名叫男朋友！」

他也傻了，臉上表情風雲變幻：「為什麼會叫這種名字?!」

「隨便取的啊，她還撿了一隻貓叫夢露呢！！！」

「神經病啊！！！！」

「又不是我的錯！！！」

「妳寫的時候就不能說明一下嗎！！！」

「誰寫日記還加注釋啊！！！！」

「妳故意的吧！！！」

「我哪知道你偷窺狂似的每天跑來看我日記啊！！！」

他憋了半天沒說出話，站起來摔門而去，這回是真生氣了。

……

晚上打電話給室長。

「妳知道嗎，妳大學時撿的那隻狗，引發了我跟我老公結婚以來最大規模的一次吵架……」

室長抱著電話笑了足足十分鐘。

我和他現在根本吵不起來，大多數時候，他一句話就能把我噎死。F同學正經的時候那是相當正經，不熟悉他的人對他的評價基本上都是：嚴肅，嚴謹，一絲不苟。

每當有人這麼說的時候，我就想抓著他的領子咆哮：你被騙了啊啊啊啊啊！這傢伙撒嬌賣萌信手拈來，毒舌起來簡直是單口相聲。

有段時間他天天加班，凌晨兩點才回來。我說F同學，你這是拿著農民的工資操著董事長的心啊。

他躺在沙發上扯領帶，拍拍我的頭說：「乖，去給我煮碗麵。」

我說：「你還沒當上董事長就已經有董事長的派頭了。」

他慢慢悠悠地說：「我不是董事長，我是不懂事長。」

008

和他參加同事婚禮，我出門前糾結該穿哪條裙子。

「這條怎麼樣？」

「太短，換成過膝的。」

「這個呢？」

「顏色不好看。」

「那我穿你喜歡的那條黑裙子。」

「妳是去參加婚禮……」

「這個呢？」

「好看。但太喧賓奪主，新娘會不高興吧？」

「那還是換回第一條。」

我去換衣服，聽到他在外面長嘆一聲：「真想不明白為什麼有男人會去找外遇呢？明明一個已經夠麻煩了。」

抓狂！到底誰麻煩啊！

朋友認識一個據說算命很準的大師，大師看了我的八字，告誡我不要戴玉石器，要戴金近水。

我不懂什麼是「金近水」，又不好意思暴露自己的無知，偷偷跑去問郝五一。

「金近水是什麼啊？」

郝五一：「妳就不會加個逗號嗎?!戴金，近水！說妳五行缺水！」

恍然大悟。

某人在旁邊壞笑：「算得不準啊，妳明明五行缺智力。」

我呸！

010

最近掉頭髮掉得特別嚴重。

我一邊掃地一邊哀嘆：「欸，我聽說美國有對夫婦離婚，原因是男方實在受不了家裡全是頭髮，你不會跟我離婚吧？」

他說：「妳放心，我要跟妳離婚肯定不止這個原因。」

我：「……」

一照鏡子，發現自己禿得中分那條線都可以跑馬了。去找髮型師重新做了個頭髮，中分變成六四分，回家跟F君炫耀。

「你看！這樣是不是好些了？」

他看我一眼。

「嗯，很快妳頭上就能跑兩匹馬了。」

他總是能迅速扯斷我的理智線，留他活到今日完全是因為我做人太善良！

011

朋友評價我和他都是非常非常理性的人。其實我跟他的理性不同，他遇到事情能夠不慌忙，能夠全面了解和分析，然後做出適當的方案。而我的理性來源於我對人對事有極大的寬容。

我是典型的迴避型人格，最怕與人爭執，習慣了隱忍和退讓，把「沒事，沒關係」掛在嘴邊。

他第一次對我發火，說：「妳不高興要說出來，別什麼事都憋在心裡！」

當時我被他吼得莫名其妙，後來才明白，別人只會誇妳懂事溫和脾氣好，而只有真正在乎妳的人才會關心妳是不是受了委屈。

012

F君是個工作狂。

他完全分不清工作時間和生活時間，對他來說加班到凌晨很正常，出差一、兩個月不回家也是家常便飯。

好不容易我倆都有假期，一起出去旅遊，從早上八點起他就電話不斷，拖拖拉拉不出門，說是有個重要郵件馬上要收。

我陪他等，一等就是三小時；去心儀已久的米其林餐廳吃飯，東西上來了，他把我扔在一邊專心講電話。

我忍不住發飆：「你要是再接一個電話，我就把你手機扔進海裡！」

他自知理虧，終於答應把手機關機交給我，身在曹營心在漢地陪我玩了一天。

半夜醒來發現他居然不見了，我下樓去酒店咖啡廳找他。果然，這傢伙坐在角落裡抱著電腦看文件。

看到我，他特驚訝：「妳怎麼醒了？」

「沒收了電話你反而還升級了是吧。」

「我馬上就好，妳先去睡。」

我沒了睡意，坐旁邊陪他。

他跟人打電話，似乎是很緊急的事情。

掛了電話，他跟我說：「有件事想和妳商量。」

「你要提前回去？」

他點點頭，又立刻解釋：「那邊確實很著急……」

「行。」

他愣了：「就這樣？」

「還能怎樣？」

「妳不生氣？」

「有點生氣，但也不是特別生氣，想到你是去工作也就沒什麼好氣的了。」

他來勁了：「那什麼情況妳才會生氣？」

我認真想了想：

「你要不是去工作而是背著我跟別的女人亂搞，我才會真的生氣。不過你都忙成這樣估計也沒時間，我才是有時間有精力去亂搞的那一個，這麼一想，F同學你的婚姻局勢相當危險啊。」

「……」

Chapter 9

非法同居

我從小就是個膽怯的人，

為 F 來北京是我做過最果斷的決定。

有人問過值不值得，這個真的很難回答。

我覺得任何事情都無法判斷它的對錯好壞，

只要你願意承擔後果，選擇什麼都無可厚非。

拋棄過去，和他一起開創新的生活，

不管結局是好還是壞，我都接受。

001

我倆雖然認識了很長時間，但畢竟沒有正經在一起過，等真正確定關係之後，才發現各種問題，比方說，這人的控制慾那是相當強。

我有個習慣，和別人一起進餐廳的時候，我會先推開門，然後扶著門，讓別人先進。跟他一起出去，我幫他扶了幾次門，他不高興了：「這種事情應該讓男人來！」

好吧，你來。

我時間觀念很強，約會基本都會提早二十分鐘到。

他又不高興了：「妳可以晚點來，讓我等妳。」

好吧，我只好在家磨磨蹭蹭、掐著時間遲到個十分鐘。

我們出去一切開銷都是他付錢，我有點過意不去，搶著要買單，被他攔住。

有一回趁他去洗手間時把單買了，他回來氣得臉都綠了。

買了兩瓶礦泉水，正準備擰開，看他眉頭一皺，立刻假裝嬌弱：「我擰不開。」

他接過，啪一聲擰開，插上吸管遞給我，順便拍拍我的頭，看樣子心情十分愉快。

男人有時候真是幼稚啊。

以前一個學姊跟我說，她剛來北京時特別不適應。

「跟朋友約了五點半吃飯，三點就被拉著出門了，我還納悶呢，怎麼這麼早？我們上了一輛公車，我就感覺那輛公車晃晃悠悠地開啊開，過了好幾座橋，又過了好幾條河，我都懷疑是不是要開到天津去了。好不容易下了車，朋友告訴我還要轉兩趟地鐵，我當時就崩潰了，蹲在地上大哭，一邊哭一邊說，北京怎麼這麼這麼大啊！」

我當笑話聽，哈哈哈笑了半天。

來了才知道，真的，學姊說的一點、都不、誇張。

第一年他住海淀區，我住朝陽區，我們想見一面坐車得花兩小時。

「我怎麼感覺在異地戀？」

他點頭：「我也這麼覺得。」

沒過多久，他買了輛車。

「幹嘛浪費錢啊？」

「我怕妳太辛苦。」

我十分感動。

但很快我們就發現，高峰期的北京如同一鍋煮糊了的粥，車堵在路上根本紋絲不動。

他下班來接我吃飯，左等右等不見他來，我給他打電話：「你到哪了？」

「堵在新街口。」

一小時後，我又給他打電話：「到哪了？」

「還在新街口。」

再過了一小時：「到哪了？」

「新街口。」

「……」

眼瞅著夕陽西下，月上枝頭，他打電話來：「在篙街走不動了，你坐五號線過來我們吃宵夜吧……」

還不如一開始就坐地鐵呢！

從那之後，F同學的人生就剩下兩件事——掙錢，以及遊說我搬去和他住。

「妳搬過來和我住吧。」

「不要。」

「或者我搬過去。」

「不要。」

「給我個理由。」

「我媽不准。」

「妳媽同意了。」

「什麼時候？」

「中秋節我給她寄月餅時徵求過她的意見，她說只要妳願意她沒意見。」

「等等，你給我媽寄月餅？我怎麼不知道。」

「妳不知道的事情多了，別扯開話題，妳搬不搬？」

「不搬，我不適應。」

「妳早晚都要和我一起住的，要提前適應。」

「你真煩，說了不搬就是不搬。」

他終於平息了一陣，我以為他死心了。突然有一天，他扔給我一疊文件。

「這是什麼？」

「可行性分析報告。」

是的，平息的這段時間他是去收集資料了，為了遊說我答應同居，他從各方面分析了利弊，寫出具體執行方法，甚至還有案例借鑑，做了柱狀圖、區域圖、矩陣圖……

「如……如果我還是不答應呢？」

「我再做一個ＰＰＴ。」

你真的夠了！

最後還是讓他得逞了。

「這是我努力的成果。」

看他一臉得意，我實在沒忍心告訴他，真實的原因是——跳槽後，我的新公司離他的公寓只有十五分鐘路程，我掐指一算，這樣一來每天可以多睡一小時呢。

立刻決定搬家！

005

住在一起自然有很多生活習慣需要慢慢磨合。

我們面臨的第一個難題是：他睡覺必須要開一盞夜燈，而我睡覺習慣關燈，有一點光都不行。

他為了遷就我主動把燈關了。我看他一晚上翻來覆去睡不著，又爬起來把燈打開。於是換成我整晚睡不著。他心疼我，乾脆抱著被子去睡沙發。

那段時間我倆都睡眠不足，精神衰弱，可是怎麼辦呢，習慣問題還真不是一、兩天能改的。

沒過多久就是七夕，我們第一個七夕，我當然很期待，拐彎抹角地問他送我什麼。

「妳最需要的東西。」他說。

盼星星盼月亮等到那天，他遞給我一個盒子，我小心翼翼地打開，頓時感覺頭上一隻烏鴉飛過。

我們的第一個七夕啊！！！這傢伙送我的禮物是——眼罩！！！

「這樣我們都可以安心睡覺了。」

……

好想打他一頓，誰也別攔著。

又是一年七夕。

不巧那陣子我倆工作都很忙，週末一人抱一台電腦狂加班。直到夕陽西下，我站起來伸懶腰才想起來——今天是七夕！

跑去找他要禮物，他愣了，特無辜地說：「忘了，妳怎麼不提醒我？」

我氣得撓牆：「我也忘了！」

007

F君說我「睡品」相當不好，經常裹被子，還把腿搭在他肚子上，害他一晚上睡不著。

我說：「如果我再這樣，你就把我搖醒吧。」

我本來是想客氣一下，誰知這傢伙還真半夜把我搖醒了。

「妳自己看，妳霸占了多大位置。」

我一看，確實是，我整個人呈「大」字型占了整個床的三分之二。

誠心跟他道歉，倒頭繼續睡。

過了一會兒我被熱醒，醒來發現自己裹著被子，某人可憐兮兮地蜷縮在床沿。

我小心翼翼把被子拉到他身上，企圖掩蓋自己的惡行。誰知一碰他，他就醒了，我當機立斷立刻裝可憐：「親愛的，我剛剛做了個惡夢，夢到我坐的輪船翻了，我掉進海裡，特別特別冷。」

他說：「嗯，我也特別冷。」

我：「那我們真是心有靈犀呢，哈哈。」

他：「我冷是因為沒被子蓋，妳冷是因為心虛吧。」

「……」

在一起久了，發現Ｆ君有很多強迫症。

他錢包裡的錢必須按面值排列，並且同一面朝上；東西要放在固定的位置——錢包和鑰匙放在玄關，遙控器放在茶几左邊抽屜，iPad 放在電視櫃上。

一切日用品都要用固定的牌子。

桌上一切有直線邊的物品擺放要和桌面平行。

衣櫃裡的衣服按照厚薄程度和顏色深淺掛上。

還把我所有的化妝品護膚品按高矮胖瘦排隊，連壓嘴都面朝同一個方向。

「請問它們在軍訓嗎？」我問他。

「妳不覺得這樣看著舒服多了？」

「我問你一個問題，你一定要誠實回答我。」

「什麼？」

「你真的不是處女座嗎？」

F君在外面的形象是標準的模範青年，走哪都人模人樣，但是千萬不要被外表欺騙啊朋友們，此人性格各種任性龜毛潔癖不好伺候。

他的書從不外借，因為討厭別人給他翻皺；他的房間外人不准進，家裡來了小孩，他第一時間鎖門；他小時候養過一隻金毛，帶出去遛遇到有人要摸狗，他不准，翻臉，幹嘛碰我的狗？

讀書的時候有一回班上相約去燒烤，我們都用免洗碗筷，只有他，自！帶！

餐！具！中途正好有人要試試雞翅熟了沒熟，他旁邊的同學順手拿他的筷子夾了一塊，這貨就扔了筷子什麼都不吃了，場面萬分尷尬。

我們住在一起，我以為以他的龜毛脾氣肯定會有很多矛盾，誰知他居然沒有，任由我一點一點侵占他的私人世界。他居然能夠忍受我喝他的杯子，用他的碗筷，穿他的T恤，還被我帶著養成了諸多不良習慣——跟我一起躺在床上吃早餐，趴在地上看書，在沙發上一靠就是一下午，站沒站相坐沒坐相，用他的話來說就是：「從小養成的習慣到妳這全毀了。」

我說你以前性格多招人煩啊，現在簡直可愛到不行。

010

以前我問過他什麼事情是很有把握一定能做到的。

後來他跟我說，他確信的事情之一，是我們一定會在一起。

但他沒想到的是，我會主動去北京找他。

當時我沒告訴他我辭職了，主要是覺得突然跑去跟人家說「我為了你辭職來北京」實在是……很丟人。

到了北京，安頓下來我才給他打了電話，他以為我是過來出差的，約好週末見面。

我在網上找的房子，來北京的當晚就住了進去，那時候年紀小，租房沒什麼經驗，根本就沒想過要看房屋所有權證什麼的。後來我才知道，租房子給我的是二房東，他見錢眼開，為了多收房租，瞞著房主私自給房子打了隔間，我在那兒只住了兩天，房主就找上門了。

那房子裡住了六家人，房東二話不說要我們搬家，否則就報警。

真是被趕出來的，凌晨十二點，拖著兩大箱行李站在大馬路上，傻了，不知道去哪，只好給他打電話，他風塵僕僕地趕來，看到拖著行李落魄至極的我，居然生氣了。

「妳怎麼會跑去租房子？」他質問我。

我才跟他說了實話。

「我辭職了。」

「什麼時候？」

「上星期。」

「為什麼要辭職？」

「就是……不想幹了唄。」

「妳要留在北京？」

「嗯。」

「有什麼打算嗎？」

我搖頭。

「有心儀的工作嗎？有沒有投履歷？以前的老闆能不能幫妳引薦？」

他是個超級理性的人，做一件事情之前會考慮好A計畫、B計畫、C計畫，計畫周詳，跟我完全不一樣。我傻愣愣地搖頭說什麼都沒有，他突然就怒了：「那妳跑來做什麼?!妳都不會為自己打算嗎？好好的工作說不要就不要，年紀也不小了怎麼這麼任性，妳滿腦子都在想什麼啊？」

我被他罵急了，脫口而出：「想你啊！不然我幹嘛要來！」

說完我愣了，他也愣了。

太尷尬了，我得給自己找臺階下，拖著行李就走：「反正我打定主意要留下來，工作我會找，用不著你擔心。」

他追上來，一把搶過我的箱子，一聲不吭地走到路邊叫計程車。

我正氣著呢，跟上去一看，突然就樂了。

「F同學，你是臉紅了嗎？」

「妳給我閉嘴。」他別過臉悶悶地說。

011

現在想想真挺有意思——他跟我表白，我跟他表白，我們都沒說過一個愛字。

就這麼水到渠成地在一起了。

其實我從小就是個膽怯的人，優柔寡斷慣了，來北京是我做過最果斷的決定。

我也不知道當初為什麼會突然有勇氣，可能是因為年紀輕，做任何決定都不需要太大的成本。

有人問過值不值得，這個真的很難回答。

待在長沙確實更順利更安逸，而北京給我提供了另外一種生活方式——給了我實現自我價值的平臺，給了我奮進的積極的人生態度，給了我越來越自信的底氣，當然啦，也有很大一部分原因是有F在身邊。

我覺得任何事情都無法判斷它的對錯好壞，只要你願意承擔後果，選擇什麼都無可厚非。

拋棄過去，和他一起開創新的生活，不管結局是好還是壞，我都接受。

不過偶爾會打趣說要是當初留在長沙，說不定現在都當老闆了，這個時候他就會理直氣壯地回我：「妳現在不也是我的老闆嗎？一點都不虧。」

012

仔細想想，我來北京之後我倆就順理成章在一起了，他來幫我搬家，房東問，一個人住還是兩個人住？我趕忙紅著臉答一個人。過了一會兒跟室友聊天，她指著F君問：「妳男朋友？」我還沒回答，某人把我一攬，點頭。

好像就這樣確定關係了。

不過，據他自己後來說：「我也是經過了一番內心掙扎的。」

我說你有什麼好掙扎的?!

他說：「妳隨便追過來我就答應了，顯得我多沒面子。」

「那請問你是如何掙扎的？」

「我決定冷妳一段時間，不能讓妳太猖狂。」

「所以？」

「有幾次妳給我打電話我沒接。」

「然後？」

「妳約我吃飯我說沒空。」

「就這樣？」

「嗯。」

F同學，對不起，我完全沒感受到你如此細膩的內心動態，我以為你是真的沒空而已。

013

當年的F同學傲嬌得簡直能編入教科書，內心戲多得不得了，明明心裡都樂開花了，臉上還使勁繃著。

可惜現在某人男神形象已蕩然無存，在厚顏無恥的道路上拔足狂奔，我拍馬都趕不上。

上週我辛辛苦苦做了一道菜，端上桌，他挑三揀四地說不好吃。

我生氣地大喊：「我再也再也再也不給你做飯了！」

「那妳給我做菜吧，飯我會蒸的。」

他無比平靜地回答我。

「菜也不給！先生你誰啊，我跟你有關係嗎？」

「有啊。」他眼睛都沒眨一下：「肉體關係。」

我差點被氣暈。

第二天他倒是很乖，把飯菜全吃光。然後他放下碗，躺在沙發上哼哼。

「好撐。」

我給他揉肚子：「你這麼大個人了，怎麼吃東西一點節制都沒有。」

他嘆口氣：「唉，情非得已。」

「為什麼？」

「吃撐了，才可以不用洗碗啊。」

這位仁兄，你還記得當年自己走的是高冷路線嗎？

我決定辭職去北京時，所有朋友都覺得我瘋了，輪番跟我談心，但我特別堅定、死都要去。用她們的話來說，就跟魔怔了似的，為一個男人至於嗎？

因此我閨密們對F的印象非常不好。

第二年，大學裡跟我玩得最好的室長來北京出差。室長是北方姑娘，一百七十五公分，為了把自己收拾出人樣去見她，我一咬牙穿了八公分的高跟鞋。

很快我就知道自己有多蠢了。從南鑼鼓巷到恭王府啊，從恭王府到後海啊，從後海到雍和宮啊，高跟鞋啊，八公分啊，走得我差點沒死過去。

我原本的計畫是白天帶室長逛逛，晚上和F一起吃飯，結果逛到雍和宮我錢包被偷了（四爺的地盤啊！小偷們太猖獗了）。

打電話找F救援，週末他在公司加班，我本想讓他回家給我帶雙鞋過來，但又怕耽誤時間就忍著沒說。

沒過多久他來了，還提了個紙袋，我心想難道這傢伙還買了禮物討好室長？結果他拿出來我就愣了，居然是我的鞋，平底的！

我說：「你回家了？」

他說：「沒，早上看妳出門穿高跟鞋，估計妳會累，就幫妳帶了雙鞋放車上。」他一邊說著，一邊很自然地蹲下來給我換鞋。

室長當時愣住了，一臉「我的天，我看到了什麼！」的表情。

那天他沒回公司，一直跟在我倆後面任勞任怨地刷卡提包。

晚上去吃飯，京城挺出名的一家餐廳，他事先訂了包廂，點菜的時候他問室長有忌口嗎？室長說沒有。他就劈哩啪啦把菜全點好，全合室長的口味，室長萬分感動。其實某個心機鬼昨晚問過我室長喜歡吃什麼。

吃完飯我們送室長回酒店，F主動要求明天當車夫送室長去機場。臨走前，他對室長說：「前幾年我沒在喬同學身邊，多虧妳們照顧她，感激不盡。」

他說話的時候，眼神那叫一個真誠，動作那叫一個紳士。

我整個人都不好了，心想你是誰啊，你把那個整天面癱臉死魚眼跩得二五八萬的F君藏哪去了！

果然，十分鐘後我就看到室長在QQ群裡咆哮：「小喬她男人太他媽體貼了啊啊啊啊啊啊！」

一眾八婆立馬沸騰了。

「老大妳去帝都了？」

「快來八一八！」

室長事無巨細地把今天發生的一切給大家描述了一遍，最後還特別強調：「當街蹲下給小喬換鞋啊！太溫柔了！還有晚上吃飯，他徵求了我的意見之後兩分鐘不到就把菜點好了，兩分鐘不到啊！老娘最喜歡這種幹事不拖泥帶水的男人了！這年頭碰上一個乾脆果斷還溫柔體貼會親自給妳穿鞋的男人有多不容易啊！」

與此同時，某人回到家，領帶一扯往沙發上一躺，笑瞇瞇地問：「我今天表現好吧？」

我點頭說還行。他大手一揮：「那還不趕緊去給我放洗澡水。」

我跑進浴室，想了想又探出頭問他：「你都看到我穿高跟鞋出門了，早上為啥不提醒我？」

他笑而不語。

室長還在群裡咆哮：「太體貼了太體貼了太體貼了！」

我默默流淚。室長啊，妳還是太天真了……

015

跟F君交往後，總有人問我倆什麼時候結婚，我就納悶了，難道我長了一張特別恨嫁的臉？

「也不是啦，只是覺得你倆肯定不會散，結婚是早晚的事。」朋友這樣解釋。

我從小有個壞習慣，喜歡咬指甲，小時候被我媽打過無數次，就是改不掉，所以我的手指甲特別醜，我媽經常嫌棄我：「以後男人跟妳求婚，妳好意思伸出這麼醜的手戴鑽戒嗎？」

所以我一直很忐忑，擔心自己會在戴鑽戒這個環節被拋棄。事實卻是——某個週末的早上，我倆賴在床上不想起，他突然問我：「今天妳有安排嗎？」

「沒有啊。」

「我也沒有。」他語氣特平常：「我們回去登記了吧。」

我想也沒想：「行啊。」

他翻身起來訂機票，我才反應過來——這就算求婚了?!說好的鑽戒呢？

這個故事告訴我們，現實不像你想的那麼糟，它往往比你想的更糟。

Chapter 10

那個男孩教會我的事

十幾歲時，我幼稚地以為不會愛上任何人，

我不確定自己有愛的能力。

但是他告訴我，愛是人類與生俱來的天賦，

是根植於每個人的生命之中，

無論周圍的土壤再怎麼貧瘠，它都不會消失。

我很少跟別人提到我的爸爸。說出去可能沒人相信，我跟我爸爸上一次見面是我結婚前，我問他要不要來參加婚禮，他不好意思地搓搓手說，還是算了吧。

四歲那年，因為爸爸有了外遇，父母很快離婚，我和觀潮都跟了媽媽。

變成單親家庭後，我的感受是家裡突然變窮了。爸爸迅速再婚，新老婆管得嚴，法院判的生活費每個月八十五塊，他就真的每個月只給我們八十五塊。

那段日子我們過得很艱難，媽媽沒工作，她很要強，不願意回娘家，一個人拉拔我們兄妹倆。後來她幫人接手工活疊紙盒，家裡鋪天蓋地全是那種劣質的黃燦燦的紙，疊一個一分錢，三天要疊一萬個。

後來我跟F說起這些他都不信，這年頭居然有以分為單位的工資。

是的，真的有，媽媽靠這個供我們讀完幼稚園，然後又讀學前班，那時候讀學前班的小孩不多，人家都覺得她在浪費錢，她說再苦也要讀，她的孩子不能比別人差。

也是從那時候起，我的性格變了很多，從一個沒心沒肺的熊孩子變成了畏首畏尾的自卑狂。

我記憶中有很長一段時間媽媽特別辛苦。每天早上四點起床送牛奶，七點回來給我們做早餐，然後十點做便當，中午用小推車推到街上賣，掙得比以前多一點，但日子還是緊巴巴的。我記得那時候流行給孩子買各種補品，電視上經常打廣告，藍瓶的鈣好喝的鈣，我特想嘗嘗是什麼味道。

別家的孩子缺鈣缺鋅缺鐵，到了我和觀潮這兒，只會斬釘截鐵地說：缺錢！回想起來那段日子真是一把辛酸淚，我要是文采好點都夠寫一部《紅樓夢》了。

所以我曾經很堅決地認為我和F不可能在一起——成長環境相差太多了。他是小王子，生活裡沒有一絲陰影，像太陽一樣充滿能量。而我自卑，彆扭，脆弱，被陽光一照就縮回去了。

以前觀潮問過我最大的心願是什麼，我說我一定要和一個深愛的人結婚，他可以窮可以沒有背景，但我想給我孩子一個正常、完整的家庭，讓他在充滿愛的環境裡長大，而不是只能靠小說和電影去幻想愛情，在現實生活裡不斷被打碎，以至於充滿畏懼。

因為父母失敗的婚姻，有很長一段時間我並不信世界上真的有一生一世一雙人的愛情。

後來F給我講了一件事。

小時候他問爸爸自己是從哪來的，他爸爸沒有像其他大人那樣搪塞說「從垃圾堆裡撿的」或者「從胳肢窩裡掉下來的」，而是說：「你是天上的天使，上帝覺得媽媽是這個世界上最美的女人，所以派你來保護她。」

「那麼你呢？」小F問。

「等你長大了就會離開她，爸爸負責陪媽媽一直到老。」

這是我聽過最浪漫的回答。

前幾年「瘋狂原始人」（The Croods）上映，我跟F去看。其中有一幕，爸爸為了保護家人，把他們一個一個扔到絕壁對面。我很丟人地在電影院一堆小朋友中間哭得稀裡嘩啦，特別特別心酸，父愛是溫柔地印刻在血脈中的守護，很多人自出生就擁有，而我從來沒有感受過。

出來的時候，他抱了抱我，什麼都沒說，但我能感覺到那個擁抱的溫度，它是溫暖的，飽含著理解與愛。

十幾歲時，我幼稚地以為不會愛上任何人，我不確定自己有愛的能力。

但是他告訴我，愛是人類與生俱來的天賦，是根植於每個人的生命之中，無論周圍的土壤再怎麼貧瘠，它都不會消失，只要有人喚醒，它就一定在。

Chapter 11

盔甲與軟肋

偶爾我會想想死亡這件事。
十幾歲的時候我一點都不怕死，
覺得人都會有這麼一天。
可是現在我真的很怕有那一天，
害怕現在珍惜的一切會再也無法感受。
離開的那個人不是最痛苦的，
最痛苦的反而是留下來的那一個。
我一點都捨不得他難過。
想到這些，我就害怕得不行。

001

他一個朋友被查出癌症晚期。

朋友參加過我們的婚禮，那天太忙了，我沒怎麼跟他接觸，只記得他是個大胖子，河北人，笑起來眼睛瞇成一條線，敬酒的時候他老婆打趣說他瞇瞇眼，不戴眼鏡都找不到眼睛在哪。

週末陪F去醫院看他，心裡都清楚可能是最後一面。

出門前F叮囑我要鎮定，我當然明白他的意思，但看到這個一百八十多斤的胖子瘦成一把骨頭躺在床上，連呼吸都困難還強撐笑臉歡迎我們時，心裡還是特別特別難受。

F反而沒事一樣跟他照常聊天，其實我知道他也在強撐。

不想打擾病人，我們沒待多久就告辭，出了病房，我陪F去樓梯間抽煙，我倆坐在樓梯上，都沒說話。

偶爾我會想想死亡這件事。

十幾歲的時候我一點都不怕死，覺得人都會有這麼一天。可是現在我真的很怕有那一天，倒不是害怕病痛的折磨，而是害怕現在珍惜的一切會再也無法感受，無法再擁抱我愛的人，無法陪我的子女成長，更重要的是，我和他已經成為對方的一部分，點點滴滴都連在一起，離開的那個人不是最痛苦的，最痛苦的反而是留下來的那一個。

我一點都捨不得他難過。

想到這些，我就害怕得不行。

他說我多愁善感，可他不知道，讓我變成這樣的人是他。

愛讓人突然有了盔甲，也突然有了軟肋。

有一天在家附近買水果，旁邊站了個男的，我專心挑F君愛吃的黃桃，只聽旁邊那人問：「這叫什麼？」

我環顧四周，確定他問的是我而不是老闆，於是答：「黃桃。」

哦。他點點頭，又問：「好吃嗎？」

「呃……看個人口味吧。」

「妳喜歡嗎？」

「還行。」

我買完走人，他提著一袋黃桃追上來。

「能留個電話號碼嗎？微信也行，想和妳交個朋友。」

這難道是傳說中的搭訕？

沒想到我也有這麼一天，強忍著得意，我不好意思地答：「可是……我老公恐怕會不高興。」

對方大驚：「妳結婚了？」

嗯！我把戒指給他看。

「沒關係，交個朋友而已。」

他把黃桃和名片塞給我走了，我提著兩袋黃桃一頭霧水地回家，給F君講述我剛剛的神奇經歷，他不屑：「送黃桃？太寒酸了吧。」

說著還嫌棄地看人家的名片。

「XXX 公司 XXX 經理」

我拿過來看：「喲，還是個經理呢，你不要吃醋。」

他呵呵冷笑兩聲：「我會那麼幼稚嗎？」

我把名片順手往桌上一扔，去廚房給他洗黃桃。

過了幾天我突然想起這事，發現桌上的那張名片不見了。

問他，他狀似無意地說：「扔了，我收拾桌子不小心把水打翻在上面。」

某人平時主動打掃清潔的次數屈指可數，還「不小心」把水打翻……司馬昭之心啊。

003

過年回家。

F君家是個大家族，各種伯父伯母叔叔嬸嬸舅舅舅媽堂哥堂姊表哥表姊姪女外甥，家裡基本每天都有人來拜年，再加上F爸爸的同事朋友，那就更多了……

F的爸爸十分嚴厲，所以在家我倆都得裝乖，每天六點半就起床，坐在客廳呵欠連天大眼瞪小眼。

有人來了，F媽媽打發我倆去洗水果。F看著外面的人說：「像不像植物大戰殭屍？」

我：「啊？」

他：「又一大波殭屍來襲。」

我笑噴：「小心爸爸聽到抽你哦。」

「這樣拜年真麻煩，應該簡化程序。」

「怎麼簡化？」

「用手機發禮券，自己去商場提貨。」

「噗……」

「小孩的壓歲錢直接打支付寶[1]。」

這時Ｆ爸爸把我們叫過去介紹。

「這是陳伯伯……」

我趕緊問好。

陳伯伯走時居然給了我一個紅包，我這麼大一個人哪還好意思收壓歲錢，趕緊推說不要。

「妳和Ｆ結婚我沒趕上，這回補上。」伯伯說。

我只好默默收下。

晚飯後和Ｆ出門散步，我摸出紅包瞇著眼睛數了數。伯伯出手真大方，我嘖嘖感慨：「支付寶就算了吧，錢還是拿在手裡數更有快感。」

他笑我：「財迷。」

1 支付寶：中國阿里巴巴集團創辦的第三方支付平台，可以進行線上支付、繳款或大型活動購票等等手續。

「F大爺要不要也給小的發點壓歲錢？」

「好啊。」

他抽出一張一百遞給我，說：「退我一塊。」

「哪有壓歲錢還找零的！」

「九十九寓意好。」他說。

004

在商場買年貨，偶遇高中同學S妹子，對方一眼認出我：「喬一，妳怎麼一點沒變。」

「哪有，我明明滄桑了。」

「不，身上那股逗比[2]氣質一點沒變。」

「……」

寒暄了一陣，她說：「對了，後天我們聚會，XXX 牽的頭，正好他生日，妳也來吧。」

回到車上，我問F君：「後天XXX生日，你想去嗎？」

他搖頭：「沒興趣。」

開了一陣，他突然問：「XXX是不是戴個眼鏡，坐妳前面的那小子？」

我：「是啊，怎麼了？」

他語氣變了：「我去。」

沒看出來他跟XXX關係還挺好。

於是當天帶著禮物去了。

XXX看到我果然很驚喜：「喬一！天啊妳怎麼來了?!」

他性格大大咧咧，張開雙手準備給我一個熊抱。

某人將我一把拉到他身後，跟老母雞護小雞似的，他把禮物遞上，面無表情地說：「生日快樂。」

2 逗比：網路流行語，形容一個人有點傻、有點可愛，有調侃之意。

我默默吐槽，這傢伙平時在家裡心思挺活絡，損起我來文采斐然，一出門就自動開啟高冷模式，多餘的話一句沒有。

S妹子把我拉到一邊小聲說：「妳跟F結婚了?!」

「是啊，妳不知道？」

「我前幾年在澳洲消息不靈通啊！早知道就不叫妳來了！」

「為什麼，鄙視已婚婦女嗎？」

「欸……XXX以前暗戀妳，F還跟他打過一架呢。」

我勒個去！！！！！信息量太大我一時接受不過來！！！！！

於是，整頓飯我都吃得提心吊膽。

作為一個腦洞過大的逗比婦女，我多麼擔心他們兩個情敵會打起來啊，他們要是打起來了我該幫誰呢？我要不要像韓劇女主角一樣暈過去呢？好後悔沒有練習過如何優雅地暈倒。

結果這兩人都十分淡定，在親切友好的氣氛中結束了這次會面。

回去的路上我終於忍不住了：「聽說……呃……那個……你跟XXX好像有過節？」

「妳想問什麼？」

「據說……ＸＸＸ以前喜歡過我？」

他點點頭。

「據說……你們還為此決鬥過？」

他睨我一眼：「妳聽誰說的？」

「沒有嗎？」

「沒有。」

「那你怎麼知道他喜歡我的？」

「他寫了封情書讓觀潮轉交給妳，被我看見了，我約他出來，告訴他不要影響妳學習。」

「然後呢？」

「沒有了。」

「他就這樣輕易地放棄了?!」

「妳還想怎樣？」

「靠！他應該像瓊瑤阿姨寫的那樣徹夜守在我家門口啊，天空下著瓢潑大雨就更好了，他在大雨裡喊我的名字，我哥把門反鎖了不准我出去，我媽揮手給我一巴掌，我使勁捶門最後哭倒在門邊……」

「沒事少看點電視劇，影響智商。」

我平常不怎麼注意家裡的日常開銷，有天去銀行，心血來潮列了半年的明細，才發現我們家每個月電費水費燃料暖氣寬頻罰單……零零總總加起來居然花了好多錢！

守財奴本性頓時爆發，決心從今天起節約開銷，我要當一個勤儉持家的主婦。

走進超市，我臉上寫著「精打細算」四個大字。

有機蔬菜？不買，太貴了，吃點農藥說不定能殺蛔蟲。

我最愛的金莎巧克力？不買，省錢還減肥，一舉兩得。

衛生棉買五片普通包還是二十片的特惠包划得來呢？動用我體育老師教的數學板著指頭仔細算了好久。

F君無肉不歡，可是牛肉好貴啊，今晚就給他做青菜炒熱狗吧。

平時回家我喜歡把所有的燈都打開，亮晃晃的有安全感。

今天放下包順手開燈，想了想，不對，要節約，啪啪啪全關了，一個人抱著電腦坐在黑漆漆的客廳裡寫稿子。

F君回家開門嚇了一跳：「妳幹嘛不開燈？」

「節約用電。」

他無語，從冰箱裡拿出一罐可樂。

「喝完易開罐不准丟。」

我指揮他放到玄關。

「可以賣錢。」我認真地說。

「妳有完沒完，」他白我一眼：「明天去吃然壽司吧。」

我十分有原則地抵制了誘惑：「抱歉，這個月的預算已經用完。」

他臭著臉不高興了，我裝沒看見，自顧自地去洗澡。

誰知我剛打開花灑，他「嘩——」一聲拉開浴簾。

「你幹嘛？」

他面無表情地脫衣服：「節約用水，一起洗。」

靠，臭流氓！

鄰居家的女兒高三，模擬考考得一塌糊塗，她媽一問才知道自家閨女早戀，急瘋了，要我幫忙去開導開導。

我心裡默默吐槽：阿姨，妳真的不知道我們兩口子就是早戀嗎？

本著一腔八卦之心，我還是去了。小姑娘挺信任我，直接告訴我：「我喜歡上了班上一個男孩。」

「挺正常啊，失戀也沒什麼大不了。」

「我沒失戀，他也喜歡我。」

「那妳憂愁什麼？」

「可是，我有男朋友的。」

「……」

「他們還住同一個寢室。」

「……」

「就因為他們倆，我最近特煩，他們寢室還有一個男生，暖男型的，我經常找他聊天，上星期他跟我表白了。」

「……」

「唉，其實我也不想把事情搞成這樣。」

我心臟有點接受不過來：「所以……妳直接橫掃了人家一個寢室啊？」

她長長地嘆氣：「所以我才憂愁啊。」

我自卑不已，回去跟F君說：「現在的小孩真厲害，我在她這個年紀啥都沒幹成，書也讀不好，連雙曲線方程式都搞不定。」

某人在一旁幽幽地說：「可是妳搞定了我啊。」

007

F君酒量不錯，用他的話來說：「尚可，灌醉喬一是沒問題的。」

他很少喝醉，就算醉了也不吵不鬧，還能強撐著把每個朋友一個個送上車，自己最後回家。

我不一樣，我是不找死就不會死，一高興就自己找酒喝那種，喊得最歡，倒得最早。

不過我是有原則的，在場都是我信任的人我才敢放開，去不熟飯局我就特能端著，別人怎麼勸都不喝。

F君表示十分欣慰。

有天和朋友聚會回來，我心血來潮，要和他演「強搶民女」。

他一口答應，正準備強搶，被我一把推開：「不不，今天你演民女。」

他想了想：「行！」

然後這廝手腳麻利地脫了衣服，躺在床上衝我招手：「流氓快來。」

靠！民女也太配合了吧，你讓流氓情何以堪！

這下換我傻了，想了半天不知道該如何下手。

「妳還等什麼？」

我趴在他身上愣愣地問：「通常流氓是怎麼施暴的？」

他眉開眼笑地說，我教妳啊，然後迅速翻身上來。

我失眠特別嚴重，某人逼著我每天和他一起跑步。

好吧，是該鍛鍊下身體，我辛苦淘寶一下午，買了全套慢跑裝備，這叫工欲善其事，必先利其器。

第一天，不錯，感覺挺新鮮。

第二天，好累，但是他興致勃勃，我就只好忍忍堅持。

第三天，我一邊跑一邊想這個時間躺在沙發上吃水果刷微博多幸福啊。

第四天，我認真地想這麼跑下去什麼時候是個頭？

第五天，我跟他請假，說親愛的，我來大姨媽了。

第N天，繼續請假，親愛的我大姨媽剛走。

第N＋1天，依然請假，親愛的我大姨媽快要來了。

他：「我算是明白了，大姨媽是萬能的！」

我猛點頭：「對啊對啊，我們女人的時間軸是按大姨媽劃分的。」

之前世界盃，F同學賭運奇差，凡是他看好的，基本都被淘汰了，F同學被封號貝利二世，名至實歸。

決賽時我勸他買阿根廷。

「為什麼？你不看好我德嗎？克洛澤狀態極佳……」

我搖頭：「因為阿根廷的隊服好看。」

他還是堅持買了德國，終於贏了五百塊，大喜，截圖給我得瑟：「走上人生巔峰！」

我說：「大款求包養。」

他搖頭：「不能揮霍。」

我：「養我不算揮霍！」

他想了想：「那也不應該叫包養。」

我以為他會說養老婆天經地義什麼的。

結果他說：「應該叫飼養。」

F同學，你語文學這麼好就是用來羞辱老婆的嗎！

010

他是球迷，而我對足球的所有認知還停留在二〇〇二年中國出線的那一年。

二〇一四年世界盃德國七：一狂贏巴西，他簡直樂瘋了。第二天早上一睜眼他就手舞足蹈地跟我說昨晚的比賽。

「克羅斯的那個前場搶斷是不是很妙？我德逆天了，這場屠殺應該載入史冊對不對……」

我聽了半天，小心翼翼地問：「巴西不是有羅納爾多嗎？」

然後，就沒有然後了……

同樣是球迷的室長聽說此事後，語重心長地對我說：「愛情真偉大，他居然能忍著沒跟妳離婚。」

011

F君在家從來不做家務。

有一天，我跟他說：「你看XX家的老公XXX，家裡家務活全包了，從掃地拖地到做飯洗衣服，把XX伺候得像女王一樣，你難道不感到羞愧自責、寢食難安嗎？」

他頭都不回，滿屋子找iPad。

我跟在他後面繼續念叨：「還有XXX的男朋友XX，出了名的溫柔體貼，不管XXX怎麼無理取鬧都百依百順，在一起的所有紀念日每年情人節耶誕節生日連婦女節兒童節都會準備禮物！你難道不羞愧自責、寢食難安嗎？」

他繼續專心致志找東西。

我痛心疾首：「而我家的老公呢，就只會欺負我挖苦我，天天出差不在家，家裡瓦斯爐壞了顧不上管，馬桶堵了沒人修，上個月我生病你也不在，就只會在電話裡跟我說多喝水多喝水，還一點都不懂浪漫，結婚這麼久連花都沒送過。人家說男人最性感的時候是妳對他拳打腳踢時，他靜靜地看著妳再把妳摟進懷裡，可是你從來沒有過！你難道不羞愧自責、寢食難安嗎？」

此時這位仁兄終於在沙發縫裡找到了iPad，回頭冷冷斜我一眼：「我倒是准妳對我拳打腳踢，妳敢嗎？」

最後一個「嗎」字尾音向上，眼睛一瞇，嚇得我立馬認慫：「大王饒命小的萬萬不敢。」

012

他：「妳是不是對自己在家中的地位很不滿？」

我：「當然了。」

他：「那我給妳一個福利，今天一天妳可以隨時派遣我，幹什麼都行，我絕對服從。」

我：「真的？」

他：「當然。」

我：「那妳先去把地掃了。」

於是他真的乖乖拿掃把掃地。

我看他掃了一會兒實在沒忍住：「你根本沒掃乾淨，床下面也要掃的，還有門背後那麼多積灰你看不見嗎？頭髮落在地磚縫裡掃不起來你就不管了嗎？」

他：「已經很乾淨了呀。」

我：「哪有！那、那、還有那你都沒掃。」

他：「我不信，妳再掃一遍給我看看。」

我又掃了一遍，果然一堆垃圾。

「你看！證據確鑿。」

「嗯，妳真厲害。」

我給他布置新任務。「今天午飯你做！」

「好啊，妳點菜。」

「我要吃蒜泥西蘭花。」

「不會。」

「培根薯泥。」
「不會。」
「魚香肉絲。」
「不會。」
「那你會什麼？」
「番茄炒雞蛋。」
「……除了這個呢？」
「番茄雞蛋湯。」
「……」

我幫他把材料都準備好，千叮嚀萬囑咐：「小心啊不要切到手，番茄切厚一點，等油熱了再下鍋，先炒雞蛋再放番茄。」

他特不耐煩：「知道了妳出去。」

出去不到二十分鐘就聽到他喊：「妳快進來。」

一打開廚房門就被煙燻得睜不開眼，他沒開抽油煙機（很有可能是不會），鍋裡的東西黑乎乎一團已經看不出原貌，這貨做的番茄雞蛋不光放了醬油居然還有醋味！

「怎麼會糊了？」他特無辜地問我。

我頓時崩潰：「你鍋裡沒放油啊啊啊啊啊啊你把我的鍋都燒壞了啊啊啊啊啊啊啊！！！！」

我發誓以後再也再也再也不會讓他做菜了！！！

早上出門叫不到車，纏著F君送我上班，他大發慈悲答應了。一路上這傢伙心情不錯，一邊哼著曲一邊開車，我留神聽了一下，這貨哼的居然是「我送你離開，千里之外……」

所以他是有多想讓我滾蛋？

014

去吃烤肉，我們這桌的服務生睫毛長長眼睛水靈靈，我盯著看了半天，小男生臉都紅了，內心應該在默默詛咒我這個怪阿姨。

在我目光灼灼的注視下，小男生換爐網時手一抖，烤好的蝦掉在地上，他充滿歉意地看我一眼，我立刻來了興致，故意黑著臉逗他：「你賠我蝦。」

一旁F君看不下去：「妳夠了啊。」

小男生長舒一口氣，正準備開溜，只聽F淡定叫住他：「你賠我蝦。」

015

和他坐在麥當勞，對面一對高中生情侶一直在Kiss，我們老倆口盯著人家小倆口看了二十分鐘。

我感慨這樣親下去真的不會缺氧嗎？

某人白眼一翻說：「這要是我女兒拖回去就打一頓。」

我說：「你懂什麼，這叫英雄出少年，泡妞手法如此嫻熟，這要是我兒子，回去晚飯多加個蛋。」

某人氣得把我拖回家打了一頓。

016

談戀愛時我們約會晚了，他要送我回家，我心疼他來回折騰，手一揮，萬分豪邁地說：「別擔心，方圓十里最大的流氓就是我。」

我也就隨口這麼一說，這傢伙還就上心了，一直拿這事調侃我。上週他去上海，我跟閨密逛街約會，他特地打電話來囑咐我。

「別逛了，早點回家。」

「知道知道，別擔心我。」

「我不是擔心妳，我是擔心方圓十里的流氓。」他慢悠悠地說。

017

關於流氓還有一個梗。遇到不熟的人問我倆是怎麼在一起的，他不耐煩解釋就簡單地說：「遇到流氓了。」

對方問，是不是喬一遇到流氓然後你英雄救美？他不說是，也不說不是，等對方各種腦補。我在旁邊翻白眼。回到家，他笑瞇瞇地故意問我：「我是不是應該告訴他們遇到流氓的其實是我？」

這男人有時候真的幼稚得不行。

Chapter 12

人間好時節

一個人愛著另外一個人是藏不住的，

不信去看看《大話西遊》裡紫霞仙子看至尊寶的眼神，

滿滿的全是愛。

001

今年因為職位調動，我也經常需要出差。常是我回家他走了，他回家我又走了，最長的一次我倆兩個月沒見。

晚上開會到十一點，突然想起給他打電話：「在幹嘛？」

「開會，你在幹嘛？」

「也在開會。」

太放心了，忙得完全沒時間搞外遇的夫婦。

002

我又要出長差，走前抱著F君哭：「朕此次揮師南下御駕親征，不知何時才能歸來，愛妃快起來給朕一個愛的吻！」

他懶洋洋地翻個身，眼睛都沒睜：「別演了，到了給我打電話。」

「哦。」

我悻悻爬下床，提箱子準備走。

他突然問：「皇上還在嗎？」

「在在在！」

「順便把垃圾帶下去。」

……

團隊臨時調整計畫，於是原定兩週的出差臨時變成了歸期不定。

F君知道後各種不高興，電話裡抱怨半天。我正忙得焦頭爛額，跟他吵了兩句，我生氣地說你根本不考慮我的感受。

「妳也沒考慮過我的感受！」他小聲說：「我想妳啊。」

我差點淚奔。

004

其實F君骨子裡傳統，很少說我想妳或者我愛妳這樣的話，一開口必然鄭重其事，感覺跟結婚典禮上說「I do」一樣。

我以前也不好意思的，剛談戀愛那會兒說句情話都要臉紅半天，日子一久，發現可以調戲他，於是把「我可想你了」、「我越來越喜歡你」、「你怎麼這麼好呀」掛在嘴邊。

F君的反應很好玩，無奈地皺眉說「妳少來這套」，一轉身就滿面春光、心情大好。

這傢伙口是心非。

065

公司給我配了個助理，小姑娘剛畢業，年輕可靠有幹勁，我倆相處得不錯。

有一天她問我：「姊姊，妳為什麼這麼早就結婚？」

「遇到合適的就嫁了呀。」

「可是，妳怎麼斷定他就是合適的人呢？」

我想了想，反問她：「拋開上下級關係，妳覺得我這個人怎麼樣？」

「幹練、專業、能力強，關鍵是性格超 Nice。」

我說：「可我老公可不這麼認為，在他眼裡我幼稚、孩子氣、笨手笨腳，永遠長不大。」

「他太不了解妳了！」

「才不是呢，」我瞇著眼睛笑：「全世界只有他最了解我。」

晚上照例給F君打電話，想起這事便問他：「你為什麼這麼早就跟我結婚？」

某人回答得簡單乾脆：「夜長夢多，吃到肚子裡揣著省事。」

我：「……」

006

回家前一晚，F君打電話給我主動坦白：「我剛剛打翻了妳的指甲油。」

「然後？」我警惕地問。

「又倒了一瓶去光水擦地板。」

「只弄髒了地板？」

他沉默了一陣，小聲說：「還有妳最喜歡的那條項鍊。」

……

我氣得差點暈過去：「你沒事碰我的指甲油做什麼?!」

他一本正經地胡說八道：「我在給它們上軍訓課，指甲油同學體質太弱，暈了過去……」

在外面碰到了很不可靠的合作單位，被臨時爽約，晚上十二點，我一個人拖著行李趕去機場，大馬路上半輛車都沒有，頂著毛風細雨地走了快兩小時。

F君打電話來，我氣沖沖地說我不幹了，我要辭職！

他也沒說什麼，幫我訂了機票讓我先回家。

在飛機上睡了一覺，冷靜下來又覺得也不是什麼大事。

他來接我，路上他問：「辭職信寫好沒？」

我特不好意思地說：「又不想辭了。」

「哦？妳在電話裡可都快哭了。」

「是的呀，總說上帝給你關上一扇門，就會幫你打開一扇窗。我當時覺得上帝要麼忘了我，要給我安的是扇防盜窗。」

「這算什麼，」他煞有介事地說：「小喬同學何等人物，就算把門窗都關上，她也能爬上房把屋頂掀了。」

差點沒把我笑死。

008

坐飛機回京，鄰座是個老阿姨，跟我媽差不多年紀，特熱情地跟我聊天。

下了飛機，F君來接我，阿姨說小夥子真精神，問我是誰。

我笑嘻嘻地說：「我哥，阿姨妳有合適的姑娘可以介紹給他。」

F君見慣我胡說八道，也不拆穿，替我接過行李默默朝前走。

阿姨不信：「是妳老公吧。」

「看得出來？」

「那可不，妳眼睛都亮了。」

好像真是這樣，不管多累，心情多不好，只要一見到他就會高興起來。

用室長的話來說，我看F君的眼神，就跟她們家的狗看到熱狗一樣，就差沒搖尾巴了。

一個人愛著另外一個人是藏不住的，不信你去看看《大話西遊》裡紫霞仙子看至尊寶的眼神，滿滿的全是愛。

可能是在外面太久了，回家之後我睡眠一直不太好，總失眠。F君得知我小時候爸媽沒給我講過睡前故事，心生憐惜，主動要求每晚給我講童話哄我睡覺。難得摩羯男會做這麼浪漫的事，我十分感動。

第一天講的是《豌豆公主》，第二天是《拇指姑娘》，第三天要念《人魚公主》，他沒耐心了，我說男人要言而有信，他想了想又坐下，拿起書正經地給我念：「從前有條美人魚，她喜歡待在海裡哪都不去，就這樣幸福快樂地過完了一生，完。」

安徒生都被你氣得從墓裡爬出來了！

010

難得我倆都在家，週末起了個大早做早餐。

小學時，每次期末考我媽都會給我和觀潮準備兩個雞蛋、一根熱狗，寓意考一百分。

我問F君有沒有，他搖頭：「沒有，跟平時吃的一樣。」

我笑他：「你童年太無趣了。」

他擦了擦嘴，斯斯文文地說：「我不吃雞蛋照樣能考一百，」然後看我一眼：「妳就不一定了。」

011

有天晚上坐車路過長安街，突然想起我們剛確定關係那會兒，他送我回家，我們上了輛雙層巴士，坐在第一排。

長安街上，霓虹五光十色，秋末的夜晚，涼風正好，車上沒什麼人，一切都剛剛好。

我突然想，這個時候多適合接吻啊。

我沒經過腦子，心裡的話脫口而出：「這個時候是不是應該接吻？」

他也愣了，就這麼對視著。

遇到紅燈，巴士穩穩停下。我在心裡倒數，心想變成綠燈就吻他，眼睛偷偷瞄紅燈旁邊的數字。

「5——4——3——」

他突然湊上來，輕輕蓋住了我的唇。

腦子裡一片空白，本能地接了這個吻。

像有根羽毛輕輕劃過心尖，酥酥麻麻的。

後來我臉紅，罵他耍賴。

他低頭笑，大大方方地承認：「是啊，我就耍賴。」

那是我們第一個吻。

012

中午我換床單，他過來幫忙。
換好之後我一頭撲到床上，聞著被子裡陽光的味道由衷感慨：真幸福呀！
他罵我幼稚，卻在我身邊躺下。
我翻身鑽進他懷裡。

013

因為寫這本書，最近總在回憶我和他交往的細節，昨天我問他：「你還記得你對我說的第一句話嗎？」
他問是什麼？
「期中考試之後排座位，我主動坐到你旁邊，還跟你搭訕來著，我問你聽的是不是周杰倫。」

他笑笑：「想起來了。」

「你當時什麼感覺？」

「沒什麼感覺。」

本來還在腦補他會天雷地火一見鍾情什麼的，不過想想也對，別說他了，連我當時也沒想過這個不可一世的臭屁少年會成為我丈夫。

「那應該是我們第一次說話。」

他搖頭，不是的。

「開學第一天，大掃除，教室燈壞了，還記得嗎？」

我點頭，記得。

「妳逞能爬到桌子上換燈管，下來的時候還差點摔倒，是我扶了妳一把。」

我想了想，好像真有這事，但我不知道扶我的那個人是他。

原來緣分還要更早一些。我不記得的，他都幫我記著。

014

有天凌晨兩點突然接到前男友的電話，那傢伙喝多了，神志不清地在電話裡碎碎念。

F君被吵醒了問是誰，我老老實實地說是前男友。

F君頓時臉就拉下來了——他對我在他出去讀書的時候交了個男朋友這事一直耿耿於懷，其實我跟那男的也就在一起了一個月。

我直接把手機開了擴音，就聽到那傢伙在電話那頭前言不搭後語地說：「我們總監太傻逼了，他還老覺得自己聰明，我就從來不這麼覺得，我特別支持Google收購摩托羅拉……照我說聯合國討論問題時就應該立個項目，堅決不允許茶葉蛋變成韓國的……」

F聽了半天楞是沒說出一句話來。

我估計他原本是想放個大招，結果發現對方根本不是一個Level，就像鋼鐵人全副武裝殺出去發現對手是空心菜。

我說：「他最近工作不順心。」

他冷哼一聲：「這種人在我手下早開除了。」

我說開不了，那公司是他爸的。

「他要是我兒子早趕出家門斷絕關係了。」

我：「……」

我把手機按成靜音扔到一邊，F還意猶未盡，嚴厲批評我：「妳選擇伴侶太不慎重了！」

然後發現把自己繞進去了，又改口說：「幸好妳迷途知返。」

我憋著笑低頭認錯感謝他寬大處理，拉著他趕緊睡覺。

第二天醒來看手機，通話時長三小時二十三分鐘，這少爺是有多少委屈要訴說啊……

015

說到我前男友，那絕對是個人才，叫他少爺好了，概括少爺這個人，用六個字足矣——

性別男，愛好女。

我剛認識他那會兒，他在追我們學校一個美國交換生，那個美國妞愛好中國文化，他天天早上六點跑到教職員工眷屬住處跟一群老太太學太極拳，簡直是用生命在泡妞。

我有理有據地認為，他追我完全是為了滿足自己的集郵癖。

排除喜歡亂搞男女關係這一點，少爺是個挺有意思的人，他有句特經典的話。以前他上課老發呆，老師用粉筆扔他，罵：「在想什麼呢？」

他托腮看著窗外，無限憂愁地說：「天氣好得想罵娘，不想讀書想去浪……」

看看人家這用詞，多精準，一個不學無術的富二代形象躍然於紙上。

那時候我們寢室經常夜聊，我跟她們說了F君的事，大家都很感慨，說可能真的是緣分尚淺吧。

後來少爺跟我表白，我們全寢室都慫恿我答應，說妳總不能學王寶釧苦守寒窯十八年等F回來吧，又不是拍電視劇。我一琢磨，對哦，說不定人家在外面吃喝玩樂泡洋妞呢，於是就答應了。

少爺是跟F君完全相反的人，他是牡羊座，典型的長腦袋就是為了增高，經常想到一齣是一齣，有一回他週五晚上突然想去張家界，把我們一群六、七個人呼攏得連夜買了火車票跟著他去，玩了兩天，週一大清早回學校直接去教室上課，然後集體趴桌上補眠。他經常幹這樣的事，我現在變成一個神經病多半是被他影響的。

我跟少爺很合拍，我跟我哥都沒這麼合拍過，但是很奇怪，我倆就是不來電，站一起怎麼都覺得是兩兄妹。

他曾經特別真誠地問我：「怎麼我對妳就是沒有性慾呢？」

我差點一口血噴出來。

這段戀情還沒撐到一個月，我就跟他提了分手，分手之後我們繼續做兄弟，用他的話來說，這叫「買賣不成仁義在」。

然後這傢伙中午跟我分手，晚上他就迅速勾搭上了大一小學妹。

就這樣一個資深花花公子，大三的時候認真地談過一次戀愛，特別認真，朝著結婚去的，對方是我們室長。

Chapter 13

從你生命裡路過

青春就像一場颶風，轟轟烈烈席捲而去，

我們在狼藉中上踩一腳，能踩出一地磚頭瓦礫。

001

室長是我朋友裡幸福感最強的一個——從小父母和睦，受盡寵愛，最主要的是還家財萬貫，簡直是迪士尼動畫裡小公主的真人版。

她心腸特別好，我們學校有隻流浪狗，屬於常住人口，一到飯點就在食堂附近晃悠。那狗特有眼力，自帶人民幣探測技能，誰都不搭理，就跟室長走。室長給牠取名「男朋友」，天天給牠買吃的。有天晚上下暴雨，室長打著傘去找牠，把牠從水溝裡撈出來，寢室不准養狗，她就直接空運回哈爾濱老家。

室長她爹——一位身家九位數的中年企業家，沒什麼業餘愛好，就愛養狗，他有隻柯基犬，心疼得跟親閨女似的，據說與英國女王的愛犬同宗同族，正宗皇室血統。室長的那隻流浪狗去了沒三天就奪了人家貞操，中年企業家氣得站都站不穩，指著牠罵：「你！這！個！畜！生！」

室長還在電話裡衝她爹傻樂：「你要做外公了耶！」

我們都笑瘋了。我們投胎選了困難模式，室長選的是坑爹模式吧。

剛進大學的時候大家都不熟，但室長特出名，因為開學沒三天她就跟下鋪打了一架，準確地說，是她把人家揍了一頓，原因不詳。她嚷嚷著要搬出去住，但是學校規定新生必須住寢室，正巧我們寢室還有一個空位，班導師就讓她搬過來了。當時我對她印象不是很好，覺得就是有錢任性的富二代。

我跟她熟起來是十一放假，寢室裡就我跟她。有一天她實在無聊了，合上電腦跟我說，喬一，我們去逛大賣場吧。

我當時就震驚了。那時候我走的是女文青路線，女文青怎麼會喜歡大賣場呢，關鍵是妳一個富二代怎麼也喜歡大賣場啊？

在我的記憶裡，那是個特別炎熱的下午，狹窄的賣場裡，我倆一邊逛一邊聊，偶爾試一、兩件衣服，嘻嘻哈哈地嫌棄對方品味差。

她其實特別善良，是那種溫室裡的花朵特有的善良，她跟我說過一件事，高中時她們班有個男孩成績很好，但家裡窮，交不出學費只能退學，她特震驚，一個學期學費才八百多，她隨便買雙鞋都不止八百。她當場就跟老師說以後男孩的學費她幫他交。

後來因為這事，學校為她搞了一個表彰大會，校長把她和男孩叫上主席臺，讓她當眾把「善款」遞到男孩手上，她還特驕傲，覺得自己幹了件好事。

可男孩從此恨上了她，男孩告訴別人，她把錢遞給他的時候，他感覺自己被當眾抽了一巴掌。

室長那時候還是個沒心沒肺的小公主，無法理解這種屈辱的憤怒。她跟少爺剛在一起的時候，我們都不看好這一對，總覺得少爺是隻狼，早晚要把室長啃得骨頭不剩。

直到後來有一回他們鬧分手，室長一氣之下跑回哈爾濱，少爺追過去，當著室長她爸的面認錯道歉把室長哄回來，我們下巴都掉下來了。這可是少爺啊，他什麼時候主動哄過別人，我們才知道，原來他倆居然是玩真的。

一旦接受了這個事實，覺得他倆在一起還蠻合適的，沒人比他們更門當戶對了，那時候我們都想他們有了兒子，絕對就是偶像劇裡的男主角——他爸是巨富，他媽是名媛，他們家存款連起來能繞地球五圈，反正他們家就是有錢。

在我們都等著參加他們的世紀豪華婚禮時，室長家裡出了事，有多嚴重我們都不清楚，只是事後聽她淡淡地說過一句「家被抄了」。

她爸跑到泰國躲債不敢回來，她媽又突然被查出乳腺癌，那學期開學她一直沒來，實在走投無路了，才哭著給我們打電話借錢。

正巧我幫人翻譯稿子，賺了平生第一筆外快，到手一分沒動全轉帳給室長。我們寢室幾個七七八八給她湊了五萬塊，我們都還是學生，五萬塊不是小數目，真的是把買衛生棉的錢都拿出來了。

室長拿到錢就說了一句話：「我給你們寫借據，錢我會儘快還。」

我怒了，說妳別噁心人。

「一定要還的。」室長說：「我爸一出事，我天天都在看親戚朋友為錢撕破臉，再好的關係扯上錢都會變質。」

這話是對的，可是從她嘴裡說出來讓我特別心酸。

沒過多久少爺過生日，室長帶去一男的，說是家人安排的對象，要結婚的那種。我們都愣了，少爺發飆，那次鬧得特別雞飛狗跳，KTV都快被他砸了。

後來我問過室長為什麼要這麼做，她不說話，逼急了就說：「不合適了。」

印象很深的是大四那年寒假，她打電話給我，我才知道她過年沒回家——她媽不准她回去，怕債主找上門。

那天我陪她在電話裡哭了很久。

我說妳得堅強啊，妳倒下了你媽怎麼辦？她說我他媽現在就只剩堅強了。

沒有人生下來就懂得堅強，真的，這種技能只會在一次又一次的痛哭中催生。

畢業之後，少爺無聲無息地去了美國，我偶爾跟他聊MSN，有天晚上沒忍住，跟他說室長壓根沒跟那男的在一起。

他說，我知道。

我特傻地問：「那你還愛她嗎？」

我就看著左下角一直顯示「對方正在輸入」，他寫了刪，刪了寫，過了好半天，才回了一句：「妳覺得什麼是愛？」

沒等我回答，他就打過來一行字。

「我覺得愛一個人就像愛一隻鴿子，鴿子要飛，他心裡難過，但還是祝福鴿子越飛越高。」

我愣了半天，說：「太偉大了，完全不是你的風格。」

他立刻回了一排大笑的表情。

我沒笑，我知道螢幕那頭的他也沒笑。說來傷感，有些人就是這樣，平時插科打諢從來不正經說話，可是安靜下來的那一秒，你會突然發現，他心裡什麼都懂，他只是不說。

少爺走的時候託我給室長留了張卡，密碼是她生日，錢應該不少，但即便是最難熬的日子，她也沒碰。

畢業之後，室長回哈爾濱收拾她爸的殘局，為了還債，每天和叔叔伯伯喝酒，硬是喝出急性膽囊炎進急診。剛畢業那段時間我們天天打電話，罵各自遇到的極品和奇葩，掛電話之前會笑嘻嘻地囑咐對方要笑著活下去。

漸漸地我們聯繫也少了，各自忙各自的，最近看她動態經常在抄經文，我給她留言：「施主您這是皈依我佛了？」

她回我兩個字——安心。

也不知道什麼事情讓她不安心。

前段時間她來北京出差，我倆在後海一個酒吧碰面，坐著聊了會兒，酒吧裡的歌手特別像年輕時的李宗盛，他在唱「愛的代價」。

「還記得年少時的夢嗎？像朵永遠不凋零的花，陪我經過了風吹雨打，看世事無常，看滄桑變化……」[1]

1「愛的代價」，作詞：李宗盛／作曲：李宗盛／演唱人：李宗盛那一瞬間特別傷感。

我跟她說少爺回國了，她沒有接話，我不知道她是喝醉了，還是假裝沒聽見。

青春就像一場颶風，轟轟烈烈席捲而去，我們在狼藉中上踩一腳，能踩出一地磚頭瓦礫。

說真的，我懷念過去的她，那個不看佛經也能安心的室長，單純不諳世事，天真充滿熱情，不知膽怯為何物，哭和笑都很瀟灑。

我突然想起讀書的時候，有一回我和她打賭，她輸了，我讓她給喜歡的人表白，她說沒有喜歡的人，我說那妳就隨便找個人吧。她就真的隨便找了一個人，有個男生吊兒郎當地提著水瓶路過，室長拍拍人家說：「喂，你等一下。」

男生回頭問：「幹啥？」

室長說：「我喜歡你。」

那男生愣了：「可我不喜歡妳啊，妳誰啊？」

她特酷地說：「我只是通知你一下，沒問你意見。」

她跟少爺就是這麼認識的。

高中時我們學校有個特別漂亮的女生，就叫她女神吧。我第一次見到女神，有種段譽見到王語嫣的感覺——恨不得立刻跪下喊神仙姊姊。

她高二轉來我們學校，那時正好趕上軍訓，我們一個個被訓得灰頭土臉，彷彿地裡的馬鈴薯成了精。女神被教官帶著上臺自我介紹，胸大腰細膚若凝脂，硬是把那套醜得人神共憤的軍訓服穿出了制服誘惑。

我指著她跟旁邊的人小聲說：「像不像派出去色誘敵人的女特務？」

漂亮分很多種，有劉亦菲型的漂亮，也有范冰冰型的漂亮，女神十六歲時已經有了後者的風範，這類女人的共同點——只要她一出現，妳就不得不拉起腦海裡的紅色警報，提高警惕，時刻提防她和妳的男朋友亂搞男女關係。

事實上，女神也確實很擅長搞男女關係，軍訓還沒結束，她就迅速搶走了我們文藝委員的男朋友，那男生長得像王力宏，唱《Forever love》可以亂真。

文藝委員哭得死去活來，但很快她就不哭了，因為女神兩個星期後就蹬了假王力宏。有個成語叫恃美行兇，簡直就是為女神量身打造的。

女神是我們學校的風雲人物，多少男生為她前仆後繼，我覺得有些人大概自出生就帶著名勝山川的氣場，讓豪傑們都抑制不住想提筆揮毫到此一遊的衝動——真不知道要拜哪個神仙才能修得這種命。我不甘心地問我哥：「你們男的是不是都只看臉？」他說：「廢話，靈魂太抽象，還是看臉比較直觀。」

媽的。

關於女神的傳言有很多，最著名的有兩個，一個是說她家有兩座煤礦，她爸給她的零花錢是每星期一千。另一個說她之所以轉學，是因為和上一所學校的男老師亂搞，還墮過一次胎。

據說兩個女生同時討厭另外一個女生，那麼這兩個女生會迅速成為朋友。在我的記憶裡，女生們好像都很喜歡講女神的壞話，只要提到女神，大家都會迅速找到共同話題。拜女神所賜，我們全班女生相親相愛，無比團結。

與之相對的是，女神一直沒什麼朋友。

但她也不在乎，目中無人我行我素，酷得讓人牙咬切齒。

我以為女神會這麼一直酷下去，直到她九十歲坐在輪椅上依舊是一個獨來獨往的高冷老太太，但事實卻是，高三快高考的時候，她退學了。

也不知道是誰先傳出來的，說女神根本不是什麼千金小姐，她爸在ＸＸ路擺攤賣雞雜粉[2]，女神每個週末都會去幫忙。

還有人跑去我們學校的貼吧裡發照片，照片是偷拍的，很模糊，但是女神沒錯，頭髮隨意地挽了個髻，帶著膠手套蹲在路邊洗碗，都這樣了還是很美，特別像電影《忘不了》裡演小巴司機的張柏芝。

可是女神居然去賣雞雜粉，簡直比賣淫還讓人震驚。

從此之後校花成了笑話，雞雜粉三個字成了永不過時的笑點。有一天早上去學校，我們班門口圍滿了人，不知道是誰把女神的照片貼在黑板上，旁邊寫了一行字——來吃我的雞吧。

女神面無表情地走進教室，放下書包背課文，彷彿沒看見。

快高考時發生了一件事。我們班有個男生，以前追過女神，女神看不上他。有一天他突然說要請客，晚自習時還真來了個中年人，騎著殘疾三輪車，送了四十多碗雞雜粉過來。

2 雞雜粉：一種將雞腸、雞胗、雞肝等等內臟和米粉同煮的麵食小吃。

我向來遲鈍，那天突然靈活起來，一下猜出這是女神的爸爸。

男生使喚這中年男人把粉一碗一碗端到我們桌上，一群男生哄笑著，突然提高音量對中年男人吼道：「你這湯餿了，我不要了，你拾回去。」

中年男人老實巴交的，趕緊辯解：「我剛熬出來，怎麼可能餿。」

班上有人看熱鬧不嫌事大，跟著起鬨：「就是餿的，我們全班都可以作證。」

中年男人漲紅了臉，還想和他講道理。

男生說：「今天要麼你在這全部吃完，要麼你帶回去，不然我就去消費者保護協會告你。」

一群人氣勢洶洶，逼著中年男人一瘸一拐地默默把粉又帶回去。

我實在看不下去，幫他抬了幾碗，他趕忙說不用，放著我來，妳別把手弄髒。

那男生罵我多管閒事。

就在這時，女神買飯回來，正好撞上這一幕。

她讓她爸停下，從地上端了一碗粉摔在那男生面前說：「吃了。」

男生不吃。

女神怒了，揪著他的領子說：「我他媽讓你吃了！」

「有爹在妳底氣足了是吧？不就是個賣雞雜粉的瘸子嗎？踱什麼啊！」

女神爸爸趕緊來拉她，說算了算了。

這時候班導師也來了，指著他們罵：「馬上要考試了，你們別惹事。」

然後女神做了件我們都沒想到的事，她直接抬手把那一碗湯粉潑到男生頭上，然後把碗一摔：「大不了我不考了。」

她就這麼走了，再也沒回來。

我很多年都沒她消息，都快忘了這個人。前年在朋友的朋友的聚會上遇到她，才知道她改了名字，現在在某個視頻網站做主持人。

她硬拉著請我吃飯，說謝謝我當年幫過她爸。

那頓飯我吃得特別不是滋味，臉紅得要命，總覺得當年那在場的四十多個人，包括我，我們都是幫兇。

她告訴我後來她讀了自考，臨近畢業的時候，網站在她們學校選秀，她得了冠軍，然後就來了北京。說到高中那件事，她說那個男生後來在網上找過她，給她道歉，說是看不慣她撒謊騙大家才那樣做的。

「可是我從來沒說過我爸是富豪，我也從來沒墮過胎，整個高中我就談過一次戀愛，只談了兩個星期，他追我的時候沒告訴我他有女朋友。」女神這樣說。

後來我一個朋友做單元需要採訪主持人，我找了女神，她很痛快地答應下來。

我跟著她去錄了節目。她主持的是一檔美妝節目，一個節目有六個主持人，跟一個模子裡刻出來似的，統一胸腿長腰細，穿得格外清涼。女神站最邊上，全場只說上了四句話。

她說自己當年剛來北京，窮得車都搭不起，凌晨錄完節目就去麥當勞坐到天亮，等第一班地鐵回家。好不容易有機會去給電視劇試鏡，對方言辭鑿鑿說定下沒問題了，有天晚上她突然接到製片人的電話，說：「我在ＸＸ路開完會，妳家就在附近吧，我過來坐坐。」

女神沒讓他來，後來那電視劇自然就沒她什麼事了。

說這話的時候我們在她公司樓下吃飯，結帳時老闆去了零頭，我開玩笑說長得漂亮就是占便宜，她說：「有什麼用，占的都是小便宜，吃的都是大虧。」

今年她演了齣網劇，我看了幾集，她挺努力地在演，但不是科班出身，角色也不討好，底下的評論百分之八十都在罵她，小三臉，沒文化，沒演技。

女神什麼都沒解釋，繼續埋頭拍戲、主持，偶爾兼職拍雜誌內頁，累得一天只睡三小時。

今年過完年我去給她探班，她演一個古裝劇，山上風呼呼地吹，她穿著厚厚的軍大衣和我坐在岩石上啃包子，對面是光禿禿的山丘。

她說她報了研究生考試，想考北影。

我問她怎麼會突然想去讀書。

她自嘲地笑：「當年耍酷一時爽，欠的債終究還是要還。」

人家罵她沒文化，她不還嘴，但她記著呢。

有些人事情還沒做但敢說自己做了七分，有些人做了七分只說三分，然後默默做足十分。她是後者。

場務叫她去試光，我說去吧，我也該走了。

她點頭，脫了軍大衣，那天零下二度，我看著都冷。

她突然很認真地跟我說：「妳知道嗎？那些嘲笑別人是花瓶的人，她們唯一的強項是當不上花瓶。」

我還在發愣，她已經朝攝影機奔去。

然後我發現了一個有意思的細節，女神跟人揮手再見的時候總是頭也不回地向前走，高高地向後揮揮手。

她永遠在向前走，不回頭。

003

大學時睡我下鋪的姑娘叫小C，是個萌妹子，無論你說什麼她都會瞪著圓溜溜的大眼睛聽得特別認真，然後捧場地問：真的嗎？然後呢？你好厲害！

她是重慶人，皮膚好，又白又嫩，室長買了個單眼經常拍我們練習，小C白得發亮，一拍她就過曝，氣得我們牙癢。

有一年暑假她去體驗生活，在工商銀行做電話客服接線員，有個脾氣不好的客戶打來電話，憤怒地說：「你們腦子裡裝的是什麼？都是屎嗎？」她想了想，認真地回答：「不是呀，我們腦子裡裝的都是客戶。」

然後……就被投訴了。

又一年暑假，小C去一所寺院裡禪修，身分證和手機都上交，七天不許說話。禪修的內容有打坐、靜觀、冥想。

回來我問她有收穫否，她點頭。

「我學會了專注。」小C回憶道。

「靜觀的時候我摒棄了所有紅塵雜念，腦子裡只有一個念頭，確切地說是兩個——什麼時候吃中飯？什麼時候吃晚飯？」

據她說寺廟裡的素菜特別好吃，而且不要錢。

她是個七百度大近視，但她臭美，從不戴眼鏡，五十米開外男女不分，一百米開外人畜不分。我問她看不清怎麼辦，她說瞇著眼睛看啊。我說難怪了，老覺得妳看人色瞇瞇的。

我們學校比較偏僻，計程車很少，偶爾有私家車在學校後門拉客。有一天我倆出去逛街，我讓她在原地等著，我去馬路邊攔車。

攔了半天沒攔到，突然聽到她喊：「小喬快過來，我攔到車了！」

回頭一看，這姑娘正拉開一輛寶馬X5的車門，瞇著眼睛衝著人喊：「司機，走嗎？」

我把她拉出來，指著車頭跟她說：「妳看清楚人家開的是寶馬。」

她「咦」了一聲，瞇著眼睛湊近一看。「哎喲！還真是ＢＭＷ。」

我都沒忍心看人家寶馬車主，估計臉都綠了吧。

小Ｃ的長相屬於乍一看覺得一般，仔細一看又覺得特別順眼，讓人有保護慾。室長經常捏著她的臉感慨：「長得這麼招人喜歡，怎麼會沒男朋友呢？」

這得怪小Ｃ她媽，Ｃ媽是個政治老師，長期秉著小逞大誡治病救人的精神，高舉中學生不得早戀的旗幟，採用各種方法棒打鴛鴦。在Ｃ媽的教育下，小Ｃ覺得讀書和戀愛這兩件事無法相容，所以雖然追求者眾多，但她一直沒談戀愛。

可是在大學裡不談戀愛，何以語人生啊，於是我們逼著她去參加各種聯誼，整個大學小Ｃ的狀態就是——不在被逼著聯誼，就在被逼著去聯誼的路上。

後來有一天她告訴我們，她有男朋友了。

我們都表現得很淡定：「哪個班的？叫啥？」

她扭扭捏捏地說了個名字：「ＸＸＸ。」

「臥槽！！！！」

ＸＸＸ是大名鼎鼎的外語系系草啊，據說是朵高嶺之花，長得帥，成績好，人品佳，還一直沒對象。

我當時的感覺就像得知不孕不育的老婆突然懷了對龍鳳胎，或者一個輸紅了眼的賭徒拿到一把皇家同花順，總之，不敢相信是真的。

小C和系草的相識過程狗血得堪比八點檔偶像劇。

那個學期小C選修了日語，快考試了，她覺得可能會掛，正好室長有個乾弟弟是日語專科的，就讓弟弟幫小C補課。

在弟弟面前也不用注意形象，小C穿了雙人字拖和皺巴巴的大T恤，滿心歡喜地往外語學院跑，路上還買了個大西瓜。

走之前我問她：「妳記得弟弟長啥樣嗎？」

她說記得記得，跟他吃過一頓飯，高高瘦瘦挺帥的。

她跑到圖書館樓下，左等右等不見人，乾脆坐在樓梯上抱著西瓜吃起來。吃完一半發現邊上站了個人，瞇著眼睛一看，嗯，高高瘦瘦，挺帥的。

她高高興興地跑過去，把西瓜往人家手裡一塞：「走吧，抓緊時間。」

小C同學五行缺心眼，她完全沒注意到男生錯愕的臉，直接把人家拐進了自習室。

後來我問她：「妳就一直沒發現認錯了？」

她說：「沒有啊，我還一直在想室長的弟弟長得好看，睫毛長得跟塗了睫毛膏似的。」

那男生吃了她半個西瓜，老老實實坐下來給她講了兩小時課。結束時，小C問：「明天繼續嗎？」

看著她那直勾勾的眼神，男生猶豫地點了點頭：「繼……繼續……」

今年我去參加他們的婚禮，系草的室友爆料，那天系草回去第一件事就是翻出大一學的《新編日語》。

室友問你要作什麼？系草嘆氣，無奈答：「備課。」

Chapter 14

小刀同學的去與留

朋友撿到一隻被遺棄的雪納瑞，

我就樂孜孜地抱回來養。

「叫什麼名字呢？ Dollar 怎麼樣？我愛 Dollar，願 Dollar 時刻陪伴我。」

原本懶洋洋趴在地上的小狗像聽得懂似的，

噌一下抬頭看我，F 也被逗笑了。

突發奇想養隻狗，跟F君商量，他看了我一眼，說：「我們家不是已經有一隻了嗎？」

我忍氣吞聲：「就不能再養一隻嗎？」

「不行，家裡有一個好吃懶做的就夠了。」

我：……

我鍥而不捨：「養狗很好的，培養耐心，為以後我們養孩子做準備。」

「不要，我最討厭毛茸茸的東西。」

「你小時候家裡不是有隻金毛嗎?!」

「那是我爸養的，迫不得已。」

「你不是想讓我陪你跑步嗎?你讓我養狗我就答應你。」

好說歹說一個月，他終於鬆口答應，正好朋友撿到一隻被遺棄的雪納瑞，我就樂滋滋地抱回來養。

剛抱回來的時候，牠又臭又髒，F君十分嫌棄：「怎麼這麼醜？」

「別這麼說，人家只是美得不明顯。」

我帶牠去打疫苗，回來蹲浴室給牠洗澡，F君倚著門看我倆，我笑嘻嘻地抬頭跟他說：「孩子他爸，給取個名字。」

他皺眉：「隨便吧……妳小心別被咬。」

「叫什麼名字呢？Dollar 怎麼樣？我愛 Dollar，願 Dollar 時刻陪伴我。」

原本懶洋洋趴在地上的小狗像聽得懂似的，噌一下抬頭看我，F也被逗笑了。

小刀前肢殘疾，小短腿跑起來一瘸一拐特別蠢萌，我帶牠出去遛，這傢伙呆頭呆腦一路埋頭聞，咚一聲撞電線杆上，被撞得暈暈乎乎轉了兩圈就不認識我了，跟著別人屁股後面跑了半天。

我哭笑不得了：「這孩子怎麼這麼呆？」

F君冷笑：「隨牠媽。」

……

有時候我犯懶不想下樓，央求F君帶小刀下樓大便，他各種不樂意，被我纏得不行才勉強答應。

有一回我加班回來晚了，正好遇到他們。某人手抄口袋心不在焉地走在前面，小刀顫顫巍巍地跟在後面，偶爾聞聞草叢，某人回頭眼風一掃，嚇得小刀立刻一瘸一拐跟上去。

迎面走來一隻大鬆獅，我心裡咯噔一下。可能是小時候被咬過有陰影，小刀很怕大型犬。

F君走了兩步發現它沒跟上來，回頭看看被嚇得不敢走的小刀，一人一狗對視了一會兒，只見F君面無表情地走過去一把將小刀拎起來，直到鬆獅走遠了才放牠下去。

回去我就逗他：「其實你很喜歡我兒子嘛。」

他白眼一翻：「我幹嘛喜歡這隻笨狗。」

過了一陣子，小刀終於不怕生了。

有天F君坐在沙發上上網，我洗澡出來，看到小刀趴地上，把F君的拖鞋當枕頭睡得正香。

F君罵牠：「膽子越來越肥。」

我去鞋櫃重新給他拿了雙拖鞋，沒忍心吵醒牠。

005

還有一回，晚上我催F君去洗澡。這廝磨磨蹭蹭賴著不動，一會兒玩玩遊戲，一會兒看看球賽，把我惹火了。

我說你再不去我就把你電腦砸了！

他眨巴著眼睛看看我，又看看小刀，然後一本正經地對小刀說：「我不是告訴過你不要惹媽媽生氣嗎？她更年期，我們要體諒她。」

我：「……」

006

F君出差，提著箱子走到門口又倒回來，我以為他忘了拿東西。

小刀搖著尾巴跑到他跟前，他蹲下來認真交代：「我不在家的時候你要保護媽媽……」

F君不准小刀進臥室，但小傢伙怕黑，晚上睡覺我偷偷給門開個縫隙，等我們睡覺了，牠就進來趴在床邊的地毯上，每天早上醒來，都能看見小刀伸著舌頭坐得筆直地望著我們。

我對牠說：「還不快出去，爸爸要生氣了。」

牠聽不懂，還以為我在逗牠玩，跳起來趴在床沿上舔我。

F君在一旁嘆氣：「慈母多敗兒……」

008

小刀很溫馴，從來沒咬過人，有一回牠在地上亂吃東西，我看到有玻璃渣，想都沒想直接掰開牠的嘴摳出來——牠剛來的時候F君還老擔心牠會咬我，後來他擔心我心情不好時會去咬牠。

009

小刀出去溜一圈回來，嘴裡銜著東西。

我扒出來一看，喲，居然是朵玫瑰花瓣。

我嘖嘖感慨：「看看，我兒子出息了，知道給我送花。」

然後又斜眼看某人：「有的人連談戀愛時都沒送過我花呢。」

他說：「談戀愛的時候沒送過，現在就更不會送了。」

我氣得讓小刀咬他。

他的表情萬分嫌棄：「老夫老妻了還送什麼玫瑰花，我送妳一張卡，讓妳隨便花。」

我一想，有道理，還是孩子他爸有頭腦。

010

為了圖方便，我一直是中分直髮，沒燙沒染。

上回去剪頭髮，本來只是想稍微剪短一點，結果被髮型師呼嚨燙了個大鬈，然後，惡夢就開始了。

燙之前要先剪，我看他手起刀落剪了一大截，便問：「會不會太短？」

「不會，修出層次燙出來才好看。」

他在燙的時候，我又隱隱感覺不太妙，忐忑地問：「這樣會不會……不太適合我？」

「這個叫空氣燙，今年最流行的，妳臉小，燙出來效果一定好。」

好吧……聽專業人士的。

四個小時過去，隨著造型師一聲「完工啦」，我抬頭一看——該怎麼形容那一刻的心情呢？萬念俱灰生無可戀……

在朋友動態發了張照片。

女神問：妳受什麼刺激了？

我：以前的髮型醜得都沒勇氣出門。

女神：那妳現在應該沒勇氣活下去了吧。

我：讓我一個人靜一靜。

女神：我介紹個造型師給妳吧，希望還有救。

我被打擊得欲哭無淚，夜裡對著鏡子左看右看：「等長了之後剪短，也許會好一點吧？」

F君放下書，仔細看了看：「也還好。」

「不醜嗎？」

他拍拍我的頭：「不醜，很可愛。」

我立刻滿血復活，被打擊了一天的心啊，終於緩和了片刻。

他雲淡風輕地補刀：「現在跟小刀更像母子了。」

我……

011

我跟F君工作太忙，實在沒空照顧小刀，只好把牠帶回老家給媽媽和外婆養。

有天媽媽給我打電話，說小刀不見了，到處都找不到，把我嚇得不輕。過了一會兒，媽媽又打電話來，說找到了，小刀居然跑到我的房間，趴在我的床上睡著了。

媽媽說：「牠可能是想妳了吧，那裡有妳的味道。」
聽得我眼淚汪汪。

Chapter 15

浮生半日閒

我發現了，F君的智力忽高忽低，隨心情變化，

心情好的時候智商就退回到嬰幼兒階段。

他跟我出來玩心情就特別好，從F君變成F小朋友。

「我覺得我得對你再好點。」

他問：「為什麼？」

「關愛智障少年人人有責。」

001

我婆婆是個特別風趣的人，F君總說我跟他媽媽很像，我說是因為我們都愛調戲你嗎？

F君以前有個「緋聞女友」，是他們鄰居家的女兒，婆婆最大的娛樂就是尋兒子開心，動不動就說：「你怎麼不去找我兒媳婦玩？」

F君剛開始還辯解：「妳別胡說。」

「我兒媳婦不是她嗎？難道你有別人？」

「不是！」

「那就只有她囉。」

「……」

帶F君去買衣服，兩個顏色拿不定主意，婆婆說：「要藍色吧，我兒媳婦應該會喜歡藍色。」

F君無語：「妳兒媳婦是誰，我怎麼不知道。」

後來我去他們家玩，婆婆就聞到了「姦情」，每年家長會都是F君最驚心動魄的時刻。

婆婆看到我媽特歡樂：「我去跟我親家母打個招呼。」

「不要！」

「那我去跟我兒媳婦打個招呼。」

「不要！」

「兒子，你這樣不行啊。」

連日理萬機的F君爸爸都找F君談話：「我並不完全反對早戀，但你要適可而止。」

F抓狂了：「我沒有早戀！應該適可而止的是你老婆才對！」

聊到生小孩的話題，我說：「如果以後有了小孩，我不盼他大富大貴，只希望他做個快樂的人。」

婆婆說：「嗯，我懷F的時候也是這麼想的，什麼都不盼，只盼一件事。」

「什麼？」

「一定要帥。」

「……」

她給我看F小時候的照片，說：「我一直懷疑F是在醫院抱錯了。」

「為啥？」

「我這個性格怎麼可能生出一個悶油瓶。」

「他……遺傳爸爸吧。」

「後來他上學，我就更懷疑了。」

「為啥？」

「我生的兒子怎麼可能學習那麼好。」

「……」

她翻著照片喃喃自語：「可是這麼帥的兒子，除了我也沒人能生得出來。」

「……」

F君說他小時候最大的心願就是脫離他媽媽的「魔掌」。

我問為什麼？他悲憤不已地回憶：「我媽是我見過控制慾最強的人，我從小到大所有事情，大到讀什麼學校，小到第二天穿什麼襪子她都會插手，她還會規定我每天穿的衣服，從內到外，從頭到腳，我不按她要求穿她就生氣，太可怕了，我爸究竟是怎麼忍受她的？」

我：「我是怎麼忍受你的，公公就是怎麼忍受婆婆的吧。」

他：「……」

我：「你說她知道你怎麼說會有什麼反應？」

他：「殺了我。」

我：「很好，你有把柄抓在我手裡了，我已經錄音了。」

他：「……」

004

F的學霸小姪子暑假來北京玩，在我們家住了一段時間。

小姪子特別乖，每天早上八點就起床，半小時背單字半小時練書法。

我問F：「你小時候也這樣？」

F點頭：「我們家的小孩都這樣。」

我怒吼：「那你現在怎麼一到週末就睡到日上三竿，還要我把早餐送到床上吃？你們家的傳統美德呢?!」

他靦腆一笑：「沒辦法，近朱者赤近墨者黑。」

005

我很喜歡小姪子，逛街看到好吃的好玩的都要買給他。有一天他突然對我說：「妳不要再買東西給我了。」

我問為什麼。

他說：「雖然我很喜歡，但我總感覺自己在啃老。」

我一口水噴出來。孩子，這個詞真的不是這樣用的。

跟小姪子混熟了之後，他終於肯向我吐露他的心聲。

「我們班上有個女生，總偷東西。」

「啊？她偷了什麼？」

「很多，我的學生證，我的作業本，我的門禁卡……」

「等等，她是所有人的都拿還是只拿了你的？」

「只拿了我的。」

007

我大笑：「人家小姑娘喜歡你吧！」

小姪子臉一紅：「她總是……做奇怪的事。」

「漂亮嗎？」

「我不覺得，但是我們班好多男生都喜歡她。」

「你喜歡嗎？」

他沉默了，憋紅了小臉不說話，過了好半天，少年老成的小姪子托著腮長嘆一聲：「可是……我擔心她跟不上我的腳步啊。」

我又一口水噴出來，斜眼看F：「你們家小孩都這樣？」

他急忙撇清：「我可沒有。」

小姪子問我：「妳跟F叔叔為什麼不要孩子？」

我：「呃……因為我們現在都很忙，沒時間照顧小孩呀。」

「可是妳把我照顧得很好啊。」

我聽了有種為人母的欣慰，對他說：「如果我以後有了小孩，你也要像我照顧你一樣照顧他哦。」

「好的！」他和我打勾勾：「我一定會很疼妳女兒的。」

「為什麼是女兒？兒子不行嗎？」

「我媽媽說女兒比較像爸爸，所以妳一定要生一個像F叔叔的女兒。」

差點忘了這傢伙是個叔控……

其實我覺得小姪子蠻可憐的，缺少放肆玩耍的童年，只有重得要用行李箱拖的書本和無數的補習班。

他偷偷跟我說，他喜歡和我在一起。我問為什麼？他說好玩啊。

我們家簡直是小孩的天堂，想在床上吃飯，OK啊！想躺著看電視，OK啊！想把暑假作業堆到最後一天再做，OK啊！晚上十一點想去麥當勞吃薯條，OK啊！想給漂亮女同學寫情書，OK啊！

F痛心疾首地說我：「他會被妳慣成混世魔王的。」

我說：「你要不要去採訪混世魔王，他一定過得比書呆子幸福。」

為什麼這麼多大人熱衷於把自己的小孩訓練成一個工廠出產的標準產品，不惜犧牲孩子的想像力，創造力以及獨立思考的能力。

009

每年過年回老家，全家有個必備娛樂項目——嘲笑不會打麻將的我。

在他們眼裡，不會打麻將簡直是奇恥大辱，逢年過節，吃完飯，麻將桌擺好，四方齊齊坐上桌，只剩我一人默默在沙發看陪小朋友玩，我和小姪子的友誼就是這樣建立起來的，別的大人都在打麻將，只有我肯陪他。

小姪子問我：「妳為什麼不和他們打麻將？」

我說：「因為我要陪你啊，否則你多無聊呀。」

旁邊某人無情地拆穿了我：「因為她笨。」

我：「……」

「我只是不屑學而已。」

某人：「那就是學習能力差。」

我：「……」

F媽媽：「別理他，打完這一圈妳上。」

某人立刻阻止：「不行，她上來我贏多少都賺不回來。」

我：「……」

010

和Ｆ君去看李宗盛演唱會，名字叫「既然青春留不住」，這名字真是太讓人傷感了。

現場老李調笑：「嗓子打開了就一起唱吧，雖然……也許當年和你聽這首歌的人已經不是旁邊這個。」全場爆笑。

回來的路上，我問他最喜歡老李哪首歌。他想了想，說：「『我是真的愛你』，在外面讀書那幾年，這首歌不敢聽。」

我腦補了一下他一人在異國他鄉的深夜，聽到「曾經為愛受委屈，不能再躲避，從此你成為我生命中最美的奇蹟，我想我是真的愛你……」時淚流滿面的場景，不禁心頭一酸。

「這首歌是不是唱出你的心聲？」

「嗯。」

「你很想唱給我聽吧？」

「不是。」

「啊？」

「我聽的時候就想，以後一定要逼著妳唱給我聽。」

「……」

這位朋友，我們按正常套路來好嗎？你隨便改臺詞我不好接戲啊。

011

公司安排去泰國玩，正好Ｆ君有一週的休假，於是提著箱子跟來了。

這傢伙是個特別無趣的人，不管去哪旅遊，他不去景點也不照相，活動範圍不會超過酒店一百公里，在咖啡廳一坐就是一下午。

1 「我是真的愛你」，作詞：李宗盛／作曲：李宗盛／演唱人：李宗盛我讓他去騎大象，他嫌髒，帶他去看寺廟，他說我不信佛，問他想吃什麼，他認真想了想：我要吃水煮肉片……

我也真是服了他了。

看他大老遠跑這裡來一個人待著，我實在無心不忍，於是取消了行程。早上起來他見我沒走，問：「妳今天去哪？」

我說：「哪都不去，陪你。」

他喜上眉梢，牽著我去樓下喝咖啡。

同事玩了一圈回來，發現我倆面對面坐著，一個在看報紙，一個在趕稿子。

同事搖頭說：「你們絕對是史上最無趣夫婦。」

胡說，我明明很有趣！都是被他害的！

012

我發現了，F君的智力忽高忽低，隨心情變化，心情好的時候智商就退回到嬰幼兒階段。

他跟我出來玩心情就特別好，從F君變成F小朋友。

F小朋友昨天晚上在酒店做泰式按摩，爽得真是通體舒暢，回來拉著我一個勁地說：「妳去跟人學學，以後我下班妳每天都幫我按。」

我笑瞇瞇地說：「好呀，那我馬上辭職，明天就來酒店上班，先按一百個練練手。」

他大怒：「不行！妳怎麼能按別人呢！」

我：「不是你要我跟人家學的嗎？」

他氣鼓鼓地想了半天，最後無限惋惜地說：「那還是算了，妳別學了吧……」

我笑得十分滿意，關燈睡覺。

過了一會兒，我突然說：「我覺得我得對你再好點。」

他問：「為什麼？」

我：「關愛智障少年人人有責。」

帶他出來有一個好處，不用地圖，這傢伙腦內自帶ＧＰＳ系統，無論走到哪，他都能準確找到回我們酒店的路。

跟同事出來逛夜市，迷路了，兩個人大眼瞪小眼。

我說：「我問問我們家導盲犬。」

同事大驚：「妳把導盲犬牽帶來了？」

我點頭，發微信，兩秒後傳來Ｆ君的聲音：「又迷路了？」

同事大笑。

從那之後，Ｆ君在同事眼中的光輝形象就這麼毀了。

我們的日常調侃變成了——她：「怎麼不把Ｆ君牽出來？」

014

我：「他在咖啡廳趴著呢。」
她：「妳要經常牽他出來遛遛。」
我「我買個飛盤給他回去自己玩。」
……
這事某人還不知道，知道估計要把我滅了。

去看人妖秀，問F君去不去，搖頭：「我沒興趣看男人。」
我眉毛一挑：「你有興趣看女人？趁我不在的時候沒少看別的女人吧？」
他面不改色：「我只有興趣看我的女人，妳早點回來。」
這傢伙反應太快了，在鬥嘴這件事上永遠沒法贏他。
在餐廳看到一個美女，特別驚豔，偷拍了傳給他：「快看美女！」

他回：「我覺得拍照的那個更漂亮。」

我拿著手機傻笑半天，同事伸頭過來看，把我暴打一頓。「妳居然說他不會甜言蜜語，他是高手中的高手好嗎！」

015

F君總有些奇奇怪怪的堅持。

比方說，他感冒堅決不吃藥，他堅信多喝水和運動就會好。

「你已經打噴嚏打了一週了，趕緊吃藥去！」

「不吃，會好的。」他帶著口罩淡定地說。

又是一週，他依然噴嚏不斷。

「你再這樣下去我就要把你帶到醫院了。」

「不用，會好的。」

又是一週，他還是死都不吃藥，我問為什麼，他說：「我奶奶是醫生。」

「然後呢？」

「她從小告訴我是藥都有副作用，人自身有抵抗力，多喝水和運動就會好了。」

我一巴掌拍過去：「那奶奶有沒有告訴你，不聽老婆的話會死很慘！」

016

週六早上被餓醒，想起冰箱裡有起司，我問F君想不想吃，他點頭。我讓他去拿，某懶鬼不想動，要和我剪刀石頭布。我輸了，也不想動。

我倆磨蹭了十分鐘，最後決定餓著繼續睡，他長嘆一聲：「是時候生個孩子出來給我們使喚了……」

我滿頭黑線地腦補了一下以後孩子問我：「媽媽，你們為什麼生我？」答：因為爸爸媽媽太懶，家務活總要有人做呀。

017

在家大掃除，陣雨過後，天空被洗刷得湛藍湛藍的，白茫茫的雲無邊無際。我晾完衣服，抱著西瓜躺在無印良品的懶人沙發上一杓一杓挖著吃。夏蟬在枝頭嗡嗡叫，雲上的風輕輕吹，後背被曬得暖暖的，我心情特別特別好。

我突然說：「小時候我媽問我長大想做什麼。」

「妳怎麼回答？」他問。

「我說，我想曬著太陽吃西瓜。」

他笑出聲來。

「真的，我就喜歡這樣，陽光，落地窗，洗乾淨的衣服，沒有著急要辦的事，可以吃著西瓜看一下午書。」

「就這些？」

我回頭，他正看著我。

我笑瞇瞇地說：「還有你呀，你是我在這個世界上最最喜歡的。」

Chapter 16

殺死那些瑪麗蘇

「為什麼寫我的書裡面，唯一一個『親愛的』居然寫的是郝五一？」

「你別自戀，誰跟你說這書是寫你的？」

「難道不是寫我嗎？」

「這寫的是我的青春。」

「妳的青春不是我嗎？」

001

郝五一現在出版社工作，每天有無數的稿子需要看，看到崩潰就給我狂吐槽。

郝五一：「好無聊……」

我：「不用改稿子嗎？」

郝五一：「我是說稿子好無聊，千篇一律都是霸道總裁愛上我的故事。」

我：「讀者愛看。」

郝五一：「讀者其實也看厭了，應該寫點新鮮的。」

我：「《霸道廠長愛上我》？」

郝五一：「哈哈哈哈這個好！」

我：「《冷酷工頭的契約情人》。」

郝五一：「《重生之愛上工廠主任》。」

我：「《先婚後愛：計生書記的小蠻妻》。」

郝五一迅速寫好文案：

他，英俊多金，狂放不羈，是掌管著全村生產線的男人！十里八鄉的農產品展銷會上，他一眼看中她，在蓮花村呼風喚雨的他卻只願細心呵護她一人。

他送她萬人垂涎的牛頭牌限量拖拉機，一擲千金只為換來她的如花笑顏。他帶她去田埂看收割，只為她能想起過去的時光。

她逃，他追，他們都插翅難飛，他中了她的毒，病入膏肓。

「黃埔鐵牛，你得到我的人也不會得到我的心。」

男人的黑眸幽暗如深夜，薄薄的唇近在咫尺：「蘇翠花，我不介意和妳玩禁忌遊戲……」

她閉眼，垂淚，潔白的床上盛開一朵雪蓮。

又一日，郝五一深情呼喚我，給我發來一段截圖：

「說時遲那時快，二皇子一把奪過侍衛手中的弓箭，暴怒，離玄的箭瞬間刺中四皇子的心臟，天邊一聲雷響劃破天際。看著四阿哥摔下馬，那一箭如同刺進我的心上。

我秀麗的臉上噴濺了點點血跡，望著倒在血泊之中的四阿哥，我慘白著臉，心驚得全身戰慄，撕心裂肺地發出一聲淒厲的慘叫。

『不——！』」

我：「有問題嗎？」

郝五一：「為什麼女主角們崩潰時候都會喊不？」

我：「那應該喊什麼？」

郝五一：「一般這種情況我會脫口而出：哎喲我操！」

我：「難怪妳當不了女主角！」

郝五一深情呼喚我系列二。

郝五一：「在嗎！」

我：「在。」

郝五一：「我收到一個稿子，是江湖文，女主角成立了門派，叫大闌門。」

我：「有問題嗎？」

郝五一：「我覺得闌門這個詞有點眼熟，順手查了現代漢語詞典，差點嚇哭，闌門是中醫名詞，是指大腸和小腸的交接處，這個門派是肛腸醫院嗎?!」

郝五一深情呼喚我系列三。

郝五一：「這個稿子太可怕了，是個民國文，男主角是女主角的姊夫，男主角莫名其妙地愛上女主角，然後莫名其妙地甩了原配，逼著原配流產。女主角小三上位還天天尋死覓活，一邊覺得對不起姊姊，一邊和姊夫打情罵俏，這是什麼奇葩劇情啊！男女主角一起去死吧別禍害別人了，簡直婊子配狗天長地久！」

我：「哈哈哈哈哈哈。」

郝五一：「我決定了！我要自己寫一本書，講一個圖書編輯改稿改到吐血身亡，睜開眼穿越進言情小說的世界，奮發圖強成立了一個地下組織，專門暗殺這種只顧自己談戀愛，不顧別人死活的狗男女，名字都想好了，就叫《殺死那些瑪麗蘇[1]》！」

005

我建了一個微信群組，名叫不老少女，把閨密們拖到一起每天交流各種八卦資訊，上回某某明星嫖娼被抓後，少女們展開了熱烈的討論。

室長：天啊，他不是專門演好男人嗎？居然去嫖娼。

小C：好齷齪。

我：不管是誰，嫖娼真是不能原諒。

女神：其實主要還是因為他不夠帥。

小C：長得帥就能原諒了嗎？

女神：妳設想一下如果被抓的是吳彥祖……

小C（立刻改口）：他一定是被陷害的！

我：吳彥祖嫖娼肯定是為了深入角色，真是個好演員！

小C：他要真被抓了我天天去給他送牢飯。

1 瑪麗蘇：特指過度理想化、人見人愛、形象完美到令人討厭的人物角色。「瑪麗蘇」這個名詞出自寶拉．史密斯（Paula Smith）在一九七三年創作的惡搞小說「星際爭霸戰傳奇」。作者將主角設定為瑪麗蘇上尉，藉人物諷刺一種脫離現實、帶著青少年幼稚幻想的完美形象。

室長：能被他嫖多幸福啊！！跪求阿祖來嫖我！！

女神：妳們的節操呢……

006

今日討論話題——女人最討厭什麼？

郝五一：在淘寶看中的裙子在猶豫的瞬間被人搶走——還是最後一件。

我：對，那種感覺生不如死。

室長：我每次在淘寶買東西都會拖延很久，只有一種情況我會毫不猶豫地付款——庫存一件。

小C：我最討厭言而無信的男人！

我（聞到八卦）：妳男人怎麼了？

小C：他明明答應我年假一起出去旅遊的，我攻略都列印了十幾頁，結果這傢伙臨時取消，騙我說家裡有事，被我發現其實是陪他一個朋友去醫院！

郝五一：去醫院？他朋友怎麼了？男的女的？不會是婦科醫院吧……

小C：呸！他有那膽子嗎？這傢伙去的是整形醫院！陪他那個朋友割雙眼皮去了！

我：哈哈哈哈哈哈哈哈哈哈哈哈哈哈哈。

小C：這不神經病嘛！快三十的大男人跑去割雙眼皮，還說是因為找了個特有名的大師看面相，大師說他單眼皮遮住了財運。

室長：大師是整容醫院的暗樁吧哈哈哈哈。

郝五一：他在哪家做的？效果好嗎？幾天消腫？多少錢？

小C：妳關注的重點在哪裡？

女神：其實妳們都錯了，女人最討厭 Top 1 必須是男朋友的前女友。

室長、小C、郝五一（異口同聲）：沒錯！！！！

郝五一：這個世界上最討厭的生物就是藕斷絲連的前女友。

小C：我跟我男人剛結婚沒多久，他前女友半夜兩點發簡訊給他，說最近心情不好總失眠。

郝五一：妳男人怎麼回的？

小C：他直接把手機給我了，我回了她四個字：關我屁事。

室長以前讀書的時候經常租言情小說看，以前每個學校附近都有一家租書店，書櫃上密密麻麻放滿了各種封面是美女的臺灣言情小說。後來讀大學，大家普遍都有電腦了，她上網下載小說看。她電腦裡有兩個G的txt，號稱「人形txt圖書館」。

有天我突然發現，她居然開始寫小說了！問為何，她答：「我在網上給一個作者大大留言，跟她說男二不應該這樣這樣，應該那樣那樣，男主角和女主角應該那樣那樣，女兒就會這樣這樣……作者說妳閉嘴，you can you up（妳行妳來），我心想，那我就 up 給你看！」

室長就這樣踏上了她網路寫手之路，我們表示鼎力支持，在她開坑當日，她要求眾室友帶她去吃頓大餐。等回到寢室，她沐浴更衣，打開電腦，我們屏息靜氣，不敢打擾作家。

不一會兒，發現這傢伙居然在看綜藝節目，我大怒。

「室長！妳不是說要寫文嗎？」

「我在找靈感，看完這一集就去寫。」

好吧。

看完綜藝節目，她又打開淘寶。

「室長！妳不是說要寫文嗎？」

「我準備把卡裡的錢花完再寫，這叫破釜沉舟！」

好吧。

看完淘寶，她直接就睡了。

「室長！妳不是說要寫文嗎？」

「我今天早點睡，明天一大早起來寫。」

於是她一覺睡到第二天中午。

大學四年，室長一本書都沒寫出來，但是她媽媽不知道從哪知道她寫文這事，逢人就說：「我女兒讀中文系，是個作家！」

人家說真了不起，請問令千金寫了什麼書我去拜讀拜讀。

室長她媽：「我女兒低調，不讓我說，妳也別說出去，我怕她不高興。」

我大學四年被室長呼攏了無數頓飯，終於把這一招學了個十成十。

輪到我寫書的時候，我們家經常上演以下情節：

F君：「妳今晚要寫稿嗎？」

「寫，但是我現在好餓。」

「想吃什麼？」

「火鍋。」

「哪有大晚上吃火鍋的。」

「可是吃飽了才有精力寫稿子啊，我可是要熬夜的。」

「好吧。」

F君妥協，三更半夜帶我出去吃東西，我吃得肚子滾圓，心滿意足回來倒頭就睡。

「妳不是要熬夜嗎？」

「哎呀，今天太晚了，我早點睡，明天早點起來寫。」

毫無疑問，第二天一覺睡到中午。

某人咬牙切齒：「我再也不會信妳的鬼話了！」

有姑娘在微博上給我留言，把F君誇了一通，然後說我是「像艾菲爾鐵塔一樣堅韌的女子」。

我省略了誇他的那個部分，把誇的部分重點念給他聽。

他聽完之後特別真誠地問我：「說妳像艾菲爾鐵塔……是因為重嗎？」

他媽的是因為我堅韌啊啊啊啊！

009

在微博上寫：「雖然我整天膩膩歪歪秀恩愛，但是說真的，愛情不是人生的全部，它是錦上添花不是救命稻草，女人除了年輕美貌被男人愛，難道不應該努力學習，不斷成長，多一點智慧和溫柔去建立自我的價值嗎？眼界放寬些，這個世界比你想像的要廣闊，你應該跟你愛的人一起去看天大地大，而不是抱在一起相互取暖。」

覺得自己說得很有道理，簡直充滿智慧。念給F君聽，他摸著下巴十分不滿：「原來我只是錦上添花啊……」

010

某人不滿的地方還有很多。

他表示堅決不看我寫的東西，說我寫得太矯情。

但是這傢伙又壓抑不住自己的好奇心，每當我對著電腦劈哩啪啦敲字的時候，他就端杯茶狀似無意地坐到我旁邊。有時候我寫到好玩的地方就哈哈地笑，他立刻假裝嫌棄地問：「傻笑什麼呢？」

我：「我想起我們同桌那天，我跑到你旁邊坐下，你在聽歌，我跟你搭訕問你聽的是啥，你板著臉說是Beatles，表情特鄙視。」

他：「我說的是The Beatles。」

我：「都一樣啦。」

他：「不一樣，寫東西要嚴謹。」

我：「是是是。」

他：「『十五歲時我們共用一個課桌……』這裡錯了，我們九月開學，妳那時候已經十六歲了。」

我：「……」

昨天他看到我寫的目錄，特別不滿。

「為什麼寫我的書裡面，唯一一個『親愛的』居然寫的是郝五一？」

「你別自戀，誰跟你說這書是寫你的？」

「難道不是寫我嗎？」

「這寫的是我的青春。」

「妳的青春不是我嗎？」

我簡直無言以對。

Chapter 17

在這什麼都善變的人世間
我想看一下永遠

他告訴我，分手那晚，他頭一回覺得自己沒用，

那一刻，我突然發現在愛情裡人人平等，

原來他也會不自信，會害怕，會軟弱，

會小心翼翼，會不知道該如何愛一個人。

愛情可能不是誰帶領誰，

而是雙方共同成長才能達到安心與自在。

如果說，喜歡是渴望將好的一起分享，

那麼，愛是願意把壞的共同承擔。

001

談戀愛的時候我們分過一次手。

他經常要出差，一走就是一、兩個月，沒有太多時間陪我，我總是一個人。生病發燒到四十二度，擔心自己會死掉，強撐著爬起來一個人去醫院。下班回家發現廚房水管爆裂，整個家被淹，地板塌了一半，一個人跑裝修行找工人來修。

有一晚加班太累在公車上睡著，一覺睡到終點站，凌晨一點在馬路上獨自走了一小多時才搭到車。回到家，打開門，黑漆漆的，放下鑰匙彷彿都能聽到回音，心裡空蕩蕩的，欣喜憂愁無從分享，歡笑落淚不能擁抱。

有時候想想這個男朋友跟沒有一樣，我是為了他才來這裡的呀，為什麼每次我需要他的時候他都不在？

有一次我崩潰了，好像是我們交往周年紀念，本來約好了一起過，可他臨時接到通知要走。

他收拾行李的時候，我突然哭了。

我知道他事業心重，也知道他身不由己，道理我都懂，可我就覺得委屈，就想痛痛快快哭一場。

他抱著我任由我哭，等我抽抽搭搭終於止住眼淚，他突然說，如果妳真的這麼痛苦，那我們分手吧。

他語氣特別鎮定。

很奇怪，那一瞬間我也很冷靜，擦乾眼淚說好。

他迅速幫我續交了一年的房租，搬走了自己的東西。

我們就這樣分手了。

過了兩個月，郝五一聽說他跟我分手，氣得衝去找他，本想揍他一頓的，見了面差點沒認出來，憔悴得跟行屍走肉沒差。

郝五一回來跟我說，和好吧，他是捨不得讓妳受委屈，他是真的愛妳愛慘了。

我哥給他出主意，說我妹心軟，你隨便找個藉口給她發個簡訊，一來二去就和好了。

他終於給我發了簡訊：「本來想提醒妳天冷要加添衣，可是……媽的，等了一週都是大晴天。」

我看著簡訊又哭又笑。

後來他告訴我，分手那晚他搬東西走，在路邊抽菸，嗆得一臉眼淚鼻涕，這輩子頭一回覺得自己沒用。

以往我們的相處中，他一直是強勢的那一方，在那一刻，我突然發現在愛情裡人人平等，原來他也會不自信，會害怕，會軟弱，會小心翼翼，會不知道該如何愛一個人。

我想愛情可能不是誰帶領誰，而是雙方共同成長才能達到安心與自在。如果說，喜歡是渴望將好的一起分享，那麼，愛是願意把壞的共同承擔。

我知道這條路很長，好在一輩子很長，我想陪他慢慢走。

有一回他們公司聚餐，他被灌醉了。

我半夜接到他同事電話，讓我去接他，說這傢伙喝開了，說什麼都不走，抱著酒瓶要老婆。

我哭笑不得，換了衣服匆匆趕去。

回來的路上我開車，他就坐在副駕駛座，眼睛亮晶晶地看著我。他喝醉了之後就特別可愛，跟個小朋友似的，問什麼就答什麼。

我逗他：「你是誰？」

「ＸＸ！」他特大聲地答自己的名字。

「那我是誰？」

「蘇菲．瑪索！」

咦？F同學你的思維還在地球上嗎？

「蘇菲．瑪索怎麼可能來接你，再給你一次機會，我是誰？」

「奧黛麗．赫本！」他傻笑著回答。

我只好順著他：「那蘇菲．瑪索和奧黛麗．赫本誰更漂亮？」

他一個勁搖頭：「都不漂亮！」

「那誰漂亮？」

「我老婆！」

「你老婆是誰？」

「喬一！」

繞了半天原來沒醉啊。

回到家我讓他去洗澡，他耍賴不去，抱著我喊：「老婆。」

抱了很久，他突然很感性地說：「我得對妳再好點。」

我問為什麼呀，他說：「妳一個小女生，背井離鄉來這裡吃苦，都是為了我。」

我特高興，說我是小女生呢，現在出門遇到小朋友都叫我阿姨。

他無語：「一般人不都應該感動後半句嗎？」想了想又說：「對，我老婆就是不一般。」

我大笑。

其實我從來沒覺得自己背井離鄉。說起來是還挺辛苦的，剛來北京的時候，我跟人合租，共用浴室和廚房，那時候我最大的願望就是能有獨立浴室，要是能有浴缸泡個澡，那簡直是奢華的享受，整個人生都完整了。

那時候我和F君住在北京的兩端，我每天下了班，樂滋滋地擠地鐵去找他，他通常要加班加到很晚，我們就在樓下吃飯。他們公司樓下有個阿姨賣的麻辣燙特別好吃，他不准我吃，說不衛生。

他總有些很固執的堅持，感冒不吃藥，不吃路邊攤，最後被我煩得不行，又只好妥協。

我們事業剛起步，都沒什麼錢，F君初入職場時被坑得很慘，信錯了人，在行業裡幾乎被拉進黑名單，還欠了一些債，實在走投無路了，只能找他爸，他爸二話不說就把錢匯到他帳戶。F君說，那時候看到他爸轉帳成功的簡訊，覺得特別羞恥。

他的人生一直都順風順水，沒受過什麼打擊，那一回有點一蹶不振了，經常一個人發呆，一愣就是幾個小時，每晚失眠，在床上睡不著就爬起來瘋狂工作，一直到天亮去上班，幾乎都不睡覺。

後來他跟我說，要不是我突然出現在北京，他都不知道這種狀態會持續到什麼時候。

我至今很慶幸，陪他度過了最艱難的時期。我來之前並不知道他是這個狀況，如果知道，我一定會早一點來他身邊。

印象很深的是有一次我們逛宜家（ＩＫＥＡ），他看中一盞檯燈，七百九十九元，對於當時的我們來說實在有些奢侈，於是戀戀不捨地走了。那個月我發了工資，第一件事就是去把檯燈買了送給他。我跟他說：「我相信現在一切危機都是你我人生必經的——沒錢，壓力大，不得志……每個人都會有這一段。你不用焦慮，慢慢來，大不了我養你。」

後來我們搬了幾次家，這個檯燈一直帶著。

前陣子我問他：「我有沒有說過什麼讓你印象很深的話？」

他說：「應該是妳說妳養我。」

「你是不是很感動？」

他說：「沒有，氣得一晚上沒睡著。」

「為什麼？」

「要養也必須是我養妳，以後不准再說這種話了。」

我有時候真是摸不准他的脾氣啊。

這週末起得挺早，去家附近的超市買東西。走時烏雲密布，看來要下雨，又抱著僥倖心理，想著快去快回應該不會被淋。我不愛帶傘的習慣到現在沒改。迅速買了東西準備回家，剛走出來就撞上瓢潑大雨，等了好一陣子依然沒停，只好給他打電話。

我走的時候他還在睡。

「醒了沒？」

「怎麼？」聽聲音是沒醒。

「我沒帶傘，來家樂福接我，外面下雨了。」

他嘀咕一句不長記性就掛了。

我站在超市門口等他，看著雨勢漸漸變小，心裡有些後悔把他吵醒，該讓他多睡會兒。

突然想起高三那年，也是一個雨天，我沒帶傘，站在學校門口躲雨。那段時間我和他關係似乎很尷尬，總有人起鬨他是我的「緋聞男友」，我性格內向，每次被人起鬨都窘迫得要命，不知道該怎麼辦，只好儘量避開他。他應該也感覺到我在躲他，沒再主動跟我說話。

那天我站在屋簷下，看見他和一幫理科班的男生從學校走出來，迅速低頭假裝沒看見。

他們一群人浩浩蕩蕩地從我身邊走過，他走在距離我最近的一邊，沒有跟我打招呼。

等他們走遠了，我站在原地，看著他的背影，心裡有些惆悵，說不上那是種什麼感覺，好像希望發生些什麼，又好像希望什麼都別發生。

我就看著他的背影越走越遠，突然又停下，回頭，迅速跑回我面前，在一幫男生的起鬨聲中，他不由分說地把傘塞到我手裡，轉身衝進雨幕。

還是什麼都沒說。

在我的記憶中，少年時代的他總是沉默，我們相處的畫面就像一幕幕安靜的默劇。他什麼都不說，但我能感受到他的存在，就像不需要擔心會忽然斷電的落地燈，穩穩當當地照亮一切。

我在超市門口等了沒多久他就來了，衝我按了聲喇叭，一邊倒車一邊講電話。

我一高興，冒著雨朝他跑去。他在車上給我比了一個「回去」的手勢，我又乖乖退回屋簷。

他下車，撐傘向我走來。

走到我跟前，他匆匆掛了電話，我以為他要教訓我又不帶傘，誰知他卻說：「怎麼不叫醒我和妳一起。」

「難得週末，想讓你多睡會兒。」

回去的路上我一直盯著他看，他納悶：「幹嘛？我臉都沒洗。」

「奇怪了，以前覺得你西裝革履才好看，現在頭不梳臉不洗穿件睡衣都很帥。」

他那個樂呀：「妳老公怎麼打扮都帥。」

我突然說：「我愛你。」

他愣了一下：「幹嘛？」

「沒什麼，就是突然想告訴你。」

車堵在路上久久沒動。北京永遠在堵車，這裡空氣不好，城市太大，人潮擁擠，我有一萬個不喜歡這裡的理由，可我愛的人在這裡，我就在這裡安了家。

愛讓我們褪去身上青澀的稜角，穿越洶湧的人潮，用最溫柔最炙熱的愛擁抱彼此。我知道這個世界什麼都善變，可是說真的，眼前這個人，他讓我相信永遠。

附錄 1

快問快答 Q&A

一生只愛一個人會不會覺得有點可惜？

Q：不會，人生苦短啊，

何必花費那麼多精力去愛很多人，

有一個就夠了。

F：選了無數個最後找到最適合自己的那一個，

或者花很多年時間和同一個人磨合，

其實風險是一樣的，後者的成就感更大。

請問兩位的名字？

Ｆ：Ｆ。

Ｑ：喬一。

有外號嗎？

Ｆ：沒有。

Ｑ：五道、喬二、喬任性、喬美麗……太多了，還有人叫我喬大娘、喬阿姨的，我假裝沒聽見。

平時怎麼稱呼對方？

Ｆ：名字。

Ｑ：Ｆ君、Ｆ同學、Ｆ大爺，有事相求的時候喊老公。

希望對方如何稱呼自己？

Ｆ：老公。

Q：就名字挺好的，千萬別喊寶貝哈尼親愛的，從他嘴裡說出來簡直可怕。

手機鈴聲是？

F：系統預設。

Q：「Hey Jude」。

最喜歡的音樂類型？

F：搖滾。

Q：爵士。

最喜歡的樂隊？

F：The Beatles

Q：The Beatles

第一次見到對方是什麼感覺？

F：這女的是誰。

Q：這男的好跩。

請用一種動物形容對方。

Q：大灰狼。

F：草履蟲。

Q：那是什麼？

F：一種沒有腦子的單細胞生物。

Q：人家題目問的是動物。

F：好吧，哈士奇。

Q：為什麼?!

F：妳猜。

Q：……

情人節想要對方送自己什麼禮物？

F：無所謂，需要的我會自己買。

Q：請打開我的淘寶購物車。

第一次約會在哪裡？

F：確定關係後的第一次去吃重慶火鍋。本來想帶她去吃西餐，結果她說要吃火鍋。

Q：由此可見我真的沒把你當外人……

印象最深的一次約會是在哪裡？

F：我去長沙找她那次，其實不算約會，那時候我們還沒在一起。那段時間我狀態很差，帶我長大的奶奶去世，我回家奔喪，覺得自己真的撐不下去了。她反而一切都很好，工作生活都順心。我很為她高興，但沒想到後來她居然為了我辭職來北京。

Q：說個最近的吧，上個月我們去滑雪，到了滑雪場才知道人家停止營業了，回來的路上餓得不行，荒郊野嶺的找了家小飯店，味道居然出奇地好！回來的一路上風景也很好，天高地闊的整個人心境都不一樣了，那天特別開心，是計畫外的開心。

第一次接吻什麼感覺？

Q：還沒反應過來就被親了。

F：等了好久終於等到今天。

第一次H什麼感覺？

Q：咳……

F：夢了好久終於把夢實現。

Q：你在唱歌嗎請問?!

對方最大的優點？

Q：好多的，自信、堅持，有責任感，反正我很崇拜他。

F：善良、堅強、聰明、有趣。
Q：我有這麼多優點嗎？
F：妳有。
Q：我哪裡堅強了，我走路上摔一跤都會哭。
F：妳那是蠢。
Q：你剛剛不是說我聰明嗎？
F：妳只是偶爾聰明，大部分時間是蠢的。
Q：……

對方最大的缺點？

F：做事沒計畫。
Q：大男人主義。

對方帶給你最大的改變？

F：變溫和了。

Q：變成像他一樣的工作狂。嘆氣，多麼懷念過去那個不學無術、散漫快樂的我啊。

你有多愛對方？

F：這問題真蠢。

Q：編輯大人他罵你！

對方說什麼會讓你無法拒絕？

Q：他：「據我分析這件事會有五種情況，第一 Blahblah……第二 Blahblah……第三種情況下又有兩個可能……」我：「夠了夠了！按你說的做我聽你的！」

F：只要是合理要求我都不會拒絕，至於是否合理看我心情。

Q：看到了吧，什麼叫老奸巨猾。

如果對方約會遲到一個小時，你會怎麼辦？

Q：遲到一個小時對他來說簡直太正常，我已經等習慣了好嗎？

F：我經常臨時有工作要處理。

Q：如果我遲到一個小時呢？

F：我先回去了，拜拜。

Q：……

如果發現對方有外遇你會怎麼辦？

F：和她出去旅行，冷靜談一談，回來再考慮要不要繼續在一起。

Q：我贊成他的做法，不過這個問題好破壞夫妻感情的有沒有。

難過時聽什麼歌會哭？

Q：我難過的時候聽什麼歌都會哭。

F：沒有。

Q：明明有，你上次說過。

F：什麼歌？

Q：李宗盛的「我是真的愛你」。

F：我只是說聽了很有感觸。

Q：差不多啦。

對方說過什麼讓你感動的話？

F：「跟著你，去哪，做什麼都好。」

Q：我什麼時候說的？

F：上回和郝五一出去妳喝多了，回來抱著我說的。

Q：似乎是某本小說裡的話，果然是喝多了。

F：……

喬一似乎很愛喝酒，F君不管管？

F：跟朋友出去開心喝點酒很正常，不酗酒就行。

Q：過來親一口！

你們之間最大的分歧是什麼？

F：已經解決了。

Q：我們最大的分歧就是這個，通常遇到事情他只會把結果告訴我，不會跟我商量。你讓我有點參與感行不行？

未來十年有什麼家庭計畫？

F：有了孩子之後離開北京。

Q：我們想搬去一個宜居的城市，具體還沒有考慮好去哪。

如果有了小孩會取什麼名字？

F：暫時沒考慮過。

Q：男孩沒定，女孩的話叫有容。

F：為什麼？

Q：因為有容「乃」大。

想要男孩還是女孩？

F：無所謂。

Q：男孩。

F：為什麼？

Q：因為他媽媽是條漢子，不知道怎麼教育女孩。

F：……

前任回來找你復合怎麼辦？

Q：摸摸他額頭看是不是發燒了。

F：我沒有前任。

Q：你小學時不是有個經常手牽手一起放學的紅顏知己嗎？

F：誰告訴妳的？

Q：我婆婆呀，人家還給你寫過情書，賀年卡上面畫滿了愛心，寫著你倆的名字。

F：她怎麼連這種事情都告訴妳。

Q：她什麼事情都會告訴我。

會繼續和前任做朋友嗎？

Q：會，我跟少爺關係很坦誠的，跟他見面或者聚會有他在場，我都會事先跟F講。F同學只是嘴上傲嬌，其實他對我很放心的。

F：妳從哪裡看出來我放心了。

Q：你要對自己有信心嘛，他哪比得上你。

如果前任找你借錢怎麼辦？

Q：少爺應該不會淪落到找我借錢吧。

F：如果真的很緊急的話，交給我處理。

對你影響最大的一本書。

F：很多。

Q：能說漫畫嗎？《灌籃高手》。

你的女神／男神是誰？

F：蘇菲．瑪索。

Q：我天天給你洗衣做飯還不如一個沒見過面的法國妞?!

F：不是問女神嗎？

Q：女神的意思就是最愛的女人！

F：好吧，是妳和我媽。那妳的男神呢？

Q：太多了，一頁紙都寫不下，周杰倫吳彥祖張震木村拓哉元彬三十五歲以前的裴勇俊詹姆斯麥卡沃伊基努李維李察基爾休格蘭三井壽工藤新一愛德華香吉士魯夫……

F：……

有什麼與眾不同的愛好嗎？

Q：想事情的時候喜歡咬指甲，所以我手指甲特別短。

F：沒有。

Q：你明明愛吃巧克力，一個大男人這麼愛吃巧克力簡直無力吐槽。

喜歡什麼動物？

F：狗。

Q：大象。

F：為什麼是大象？

Q：看起來很善良的樣子。

最近在看什麼書？

F：路遙的《平凡的世界》。

Q：《瓦爾登湖》，治癒失眠有奇效，翻兩頁就睡著了。

最近重覆聆聽的單曲是哪一首歌？

F：「Time in a bottle」Jim Croce

Q：「Cross my mind」Twin Forks

最喜歡的一部電影？

F：「小鞋子」，一部伊朗電影，非常樸實純真。

Q：「美麗人生」。

哪個時刻對方讓你有「怦然心動」的感覺？

Q：讀書的時候他們都說他帥，我沒覺得，一直到有一次他跟我哥參加競賽，他穿了件西裝，看到他的時候驚了一下，穿了西裝之後氣質一下子不一樣了，第一次覺得這男的真帥。

F：忘了。

Q：隨便編一個哄哄我不行嗎？

F：現在。

Q：你編得稍微有點誠意好嗎？

有什麼事情想做但一直沒有做成？

F：跳傘，我怕高。

Q：紋身，某人不准（斜眼）。

今年生日許了什麼願？

F：沒許。

Q：不能說。

覺得自己愛對方多一些還是相反？

Q：這個很難說吧，又沒有一個規定的測量標準。

F：我愛她多一些。

如果你們的身體互換了，要扮演對方一星期，誰會先露餡？

Q：應該是我吧。

F：她。

如果對方的靈魂進入了觀潮的身體，要舌吻才能變回去，你願意嗎？

Q：忍著噁心親下去吧。

F：這個問題誰想的？

不考慮現實因素，你最想做什麼職業？

Q：海盜。

F：海軍。

Q：為什麼？

F：追你啊。

Q：冷死了。

你覺得最好的愛情是什麼狀態？

Q：忙得昏天暗地但一想到他就會安心。

F：就是現在。

你目前最大的願望是什麼？

Q：趕緊把書寫完。

F：休假，和她去旅行。

Q：去土耳其吧？

F：好。

Q：你每次都這麼說，然後放我鴿子。

一生只愛一個人會不會覺得有點可惜？

Q：不會，人生苦短啊，何必花費那麼多精力去愛很多人，有一個就夠了。

F：選了無數個最後找到最適合自己的那一個，或者花很多年時間和同一個人磨合，其實風險是一樣的，後者的成就感更大。

Q：話說回來，誰說我一生只愛一個人了？我愛著很多人的，還指望著包養張震。

F：妳今天沒吃藥嗎？

喬一姓喬嗎？

Q：不是。

為什麼叫喬一？

Q：註冊微博的時候隨手打的，以前看美劇「Friends」我最喜歡 Joey，所以就隨手打了個「喬一」，早知今日我一定認真取個好名字！

F君的姓裡面帶「F」嗎？

Q：我說也是隨手打的，會被群毆嗎？哈哈哈。

F：我英文名是 Frank。

附錄2

F君專訪

她說好多人都說她拯救了銀河系才遇到我，

其實跟喬同學真正接觸過的人都不會這樣認為，

我覺得是我拯救了銀河系才遇到她。

Q：F君有關注喬一的微博嗎？

A：沒，我不用微博。

Q：喬一說你一開始很不贊成她出書，為什麼呢？

A：我認為這件事會影響我們的生活。我說的話做的事被幾萬人閱讀，這種感覺很不好，我不是名人，不想販賣隱私。

Q：為什麼最後同意了？喬一撒嬌成功？

A：不是，原則問題撒嬌是沒用的，我不會縱容她。我們討論過很多次，她給我看讀者的留言，很有意思。我從來沒想過我們的故事會帶給別人這麼多鼓勵，雖然在我看來那些都是很平常的事。喬同學小時候度過了很長一段時間的迷茫期，很孤獨，後來遇到我才慢慢好起來。她說世界上有很多像她一樣的女孩，她想給她們一點溫暖和鼓勵，告訴她們世界很美好，愛情也很值得期待，最後她說服了我。

Q：F君有沒有意思也出一本書？從你的角度來寫喬一？

A：首先我文筆沒她好，她能把很平常的事情描述得生動有趣，這是她的本事，我沒有；其次我工作太忙。

Q：喬一寫書的過程中有什麼有趣的事情嗎？

A：我們一起回憶了很多過去的事情。同一件事我們倆的版本居然完全不一樣。她來我出租處洗澡那次，穿了我的衣服，害我沒衣服穿，這麼多年她居然一直以為我是故意的。

半夜她經常以「深夜趕稿肚子餓」為理由騙我帶她出去吃火鍋，吃飽了就犯睏，回家一個字沒寫。前段時間她每天都很辛苦，要寫書又要兼顧工作，她很崩潰說不想寫了。我逗她說把書名改成《F君除了喬一還在想什麼？》，翻開裡面一個字都沒有，既能秀恩愛又能讓妳偷懶。

Q：喬一寫完之後你看了嗎？

A：沒看，我大致知道她寫的是哪些內容。

Q：有沒有可能發照片？表示真的很期待！

A：絕對不透露個人資訊是我的底線。你們就當「F君」和「喬一」是生活在書裡的吧。

Q：大家都覺得F君很完美，是理想型，那麼喬一是哪點吸引了你呢？

A：我不完美，你們看到的只是喬同學筆下的我，我沒她寫的那麼好。我有很多缺點，換了別人會受不了，但她能包容我，她性格裡溫柔的成分居多。在我眼裡她有很多優點——對世界有關懷、對生活有幽默感、足夠豁達樂觀，堅強而且善良。她內心有種很強大的力量，支撐她經歷苦難後還能心存善良，這一點非常可貴，跟我母親很像。

她說好多人都說她拯救了銀河系才遇到我，其實跟喬同學真正接觸過的人都不會這樣認為。我覺得是我拯救了銀河系才遇到她。

Q：你對喬一是一見鍾情還是日久生情？

A：我在感情世界裡很理智，不會因為當時的浪漫氣氛或者對方身上的某一特質而產生好感，一見鍾情對我來說幾乎不可能。

很難確定從哪個事件開始心動的，應該是越了解她越喜歡，經過了一個很漫長的累積過程。

Q：是誰先喜歡誰的？

A：不好說，我都不清楚自己是從什麼時候開始喜歡她的。

Q：那是誰先告白的？

A：我先告白，被她拒絕了，但是她不承認，說那不算告白。

Q：F君在英國那幾年為什麼狠心跟喬一絕交呢？

A：被拒絕了沒面子，覺得感情被踐踏，那時候年紀小處事不成熟，其實是我做的不對，後來很後悔，又拉不下臉主動和好，就這樣冷戰了幾年，現在想想很幼稚。

Q：喬一辭職來北京找你，當時你怎麼想的？

A：很震驚，以我對她的了解她不可能做出這麼出乎意料的事，後來我發現根本不了解她。

Q：有沒有哪個瞬間讓你覺很幸福？

A：沒有很特別的記憶，男女思維不一樣，這個問題要問喬同學。

Q：準備什麼時候造一個小F？

A：暫時還沒有計劃。

Q：你覺得觀潮這人怎麼樣？

A：非常聰明。以前讀書我是靠努力，他完全靠天賦，讓我很鬱悶。他跟喬一性格相反，他更自我，直線思考，說話做事很少考慮別人的感受，他們兄妹的性格能綜合一下就好了。以前他問我如果有時光機可以回到過去，我想去哪，我說先去你家揍你一頓，他問為什麼，我說因為你總欺負我老婆。

Q：你覺得少爺這人怎麼樣？

A：不熟。

Q：婚姻保持美滿甜蜜的秘訣？

A：沒有刻意去保持甜蜜，喬同學是很少訴苦的人，從她嘴裡說出的全是開心的事，所以你們看到我們的生活好像從來沒有煩惱，其實不是的，我們也會吵架冷戰，但這也是婚姻的一部分。

要一起走到九十歲才算真正的美滿，現在還不算。

Q：感覺F君工作好忙，如何兼顧家庭？

A：愛情很重要，但不是我們生活的全部，大多數時候我們都在各自忙。感情需要物質支撐，必須要付出時間和大部分精力去換取，因此我能陪她的時間其實很少，我很感激她能為此做出妥協。

說句題外話，能夠到達金字塔頂尖的動物有兩種：雄鷹和蝸牛，雄鷹是少數，大多數都是蝸牛，所以我們沒資格懶惰。

Q：有什麼話想對喜歡你們的讀者說嗎？

A：不要懶惰。

Q：有什麼話想對喬一說嗎？

A：沒什麼，該說的都說了。

寫在最後——獻給台灣讀者

為人生做出最大的努力

喬一

書出版之後，我每天都收到很多讀者的來信，裡面被提到最多的一句話是：喬一妳真的是個非常幸運的女孩子。

這本書的內容最初來自我的微博，我在上面隨手寫下我跟我先生的日常生活，記錄那些讓我開心的片段。我做這件事的初衷，是因為知道生活不會時時如意，我想在灰燼中扒拉出一星未熄滅的火花，重新點燃它，照亮我和我的家人。

有另外一部分我沒有寫下來，比如說，我跟我父親的關係依舊很糟糕，我們一年見不了幾次面；我依舊會遇到各種讓人抓狂的客戶，被氣得躲在廁所哭；我的丈夫依舊頻繁出差，沒辦法很好地照顧家庭。愛情不是生活的全部，同樣的，煩惱也不是。隨著年紀的增長，我的心越來越軟。

上個星期，我給父親買了一件羽絨服；哭完回到座位，把打好的辭職信拖進回收筒，工作讓我忙得雞飛狗跳，但也帶給我前所未有的成就感；每次和他吵架我都會想辦法和好，如果能解決問題，我不介意先低頭。

其實在這本書裡，我最想表達的，是一個平凡的女生，她為自己的人生做出的最大努力。我在盡我所能的，把珍惜的一切都留在身邊，我做到了，這才是我最幸運的地方。

● 國家圖書館出版品預行編目資料

我不喜歡這世界，我只喜歡你／喬一 著
– 初版. -- 臺北市：三采文化，2016.3
面： 公分. --
ISBN：978-986-342-568-7（平裝)
•文學 2.兩性 3.愛情小品 4.小說

855 105000520

suncolor
三采文化集團

愛寫 07

我不喜歡這世界，我只喜歡你

作者	喬一
責任編輯	戴傳欣
副總編輯	鄭微宣
美術主編	藍秀婷
封面設計	徐珮綺
封面繪圖	張惠綺
內頁編排	中原造像股份有限公司
行銷企劃	張育珊、劉哲均
發行人	張輝明
總編輯	曾雅青
發行所	三采文化股份有限公司
地址	台北市內湖區瑞光路513 巷33號8F
傳訊	TEL:8797-1234 FAX:8797-1688
網址	www.suncolor.com.tw
郵政劃撥	帳號：14319060 戶名：三采文化股份有限公司
初版發行	2016年 3 月 4 日
19刷	2021年 4 月15日
定價	NT$320